U0933177

佟丽娅 | 著

心花朵朵

陈柏言 | 监制　　张伊 | 绘画

CNS　湖南文艺出版社 HUNAN LITERATURE AND ART PUBLISHING HOUSE　博集天卷 CS-BOOKY

送给朵朵，

送给思诚，

更送给成全了这一切美好的爱！

目录
contents

用一辈子
写一封最美的情书

文 / 陈思诚

朵朵：

每天见到你妈妈一本正经地坐在电脑前写这本“怀孕笔记”，我就很想笑。她太可爱了，认真且执着地在怀上你以后就要当个“作家”。在别人眼里她是个演员，是个著名的美女。可在我心中，她是个举手投足都会带给我快乐的开心果，是我愿与之携手共度余生的贤妻。

如今，她是你的妈妈。她让我也为这本书写点儿什么，我不知该写什么，感觉心头有千言万语临到下笔却又词穷了……想了想，就给未来的你写一封信吧。

朵朵，当你长大，能够读懂这封信的时候，先不要为自己这个“娘气”的小名感到害臊。事实是这样的，在刚得知你生根发芽的时候，你高瞻远瞩的妈就让我对着她扁平的小腹进行“胎教”。要“教”总得有个称呼，那时还不知你是男是女，只能选择一个进可攻退可守的中性名字。某天你妈突发奇想，说就叫“朵朵”吧！你爸我顿时拍手称快，大呼妙哉！想当年你爸年少轻狂自觉长得如花似玉，不好用“花花”来形容自己倾国倾城的美颜，只能保守谦逊地叫自己朵朵了……

朵朵，你未来会有自己的路，我不知道那会是一条什么样的路，谁也无法预测未来。但我知道没有谁的路会是一帆风顺、永远繁花似锦。爸爸希望你可以勇敢地面对所有挫折，不惧怕任何一次跌倒！虽然你的小名柔弱可爱，但爸爸却希望你骨子里流淌的是游牧民族的血液，是一个文能提笔安天下、武能上马定乾坤的男子汉。

这个世界渐渐向你展开了它的怀抱，你会遇到各样事、各种人，你会结交你的朋友，邂逅你的爱情，你会看到这个世界的美好绚烂，当然也会看到它消极灰暗的另一面。但你一定要相信，这世界之所以切实存在，就是因为善的大于恶的，好的多过坏的！所以孩子，无论生活给予了你什么，你都不要轻易放弃，相信善良，相信希望！记住，这世界并没有太多真理，但是——你相信什么就会遇见什么！

更希望你长大后可以孝顺父母，尤其是你的妈妈。“不养儿不知父母恩”是句老话，但只有真正见到一位母亲的付出才切实感受到了那份不易！真的，每一位母亲都很伟大，尤其是为了你放弃了那么多的你的妈妈……

朵朵，最后爸爸希望你茁壮成长，快乐生活，尽力去拥抱这个美好的世界，体验属于你的人生！就像爸爸妈妈叫你“朵朵”的初衷——如果你是女孩，便如花朵，根植大地，尽享四季，吐露芬芳；如果你是男孩，就如云朵，翱翔天际，徜徉四方，拥抱阳光……

爱你的爸爸：陈思诚

chapter 1

幸福的时刻
说来就来

幸福誓言

从此朵妈朵爸过起了没羞没臊的生活……

甜蜜等待

叶酸我们先吃着，
至于宝宝什么时候来，
看缘分好吗？
嗯。

看老天爷什么时候准备给我们大礼物！

消失的大姨妈

大姨妈去哪儿了？
咦？大姨妈去哪里了……
盯～～
不会是？！
YUM YUM
No～～!!
HIA HIA HIA
AUNT
不会吧……
抖
大姨妈太不乖了
嗯

等待姨妈

大姨妈，

Where are you?

找药店

吃饱饭回家的路上
你先回去吧，我走走。
我陪你啊。
我要买东西。
我帮你！
你烦死啦，走开！我要去药店！
哦~!!!
是我想的那样吗？
不是啦！讨厌你！
别跟过来呀!!
老婆~
老婆~
快走 快走
快跟 快跟

我们都需要勇气

10 mins Later

启动升级模式

光荣的两道杠
哇啊！！都怪你！
都怪你！
都怪你！
打
打
打
呆～～
哇啊啊啊啊……
我完蛋啦！！
哇!!
哇!!
孩子在我肚子里，
你完蛋什么？
不知道接下来你要怎么
折磨我啊，我家女王
启动女魔头模式啦！
我……我才不会……

叫我超人

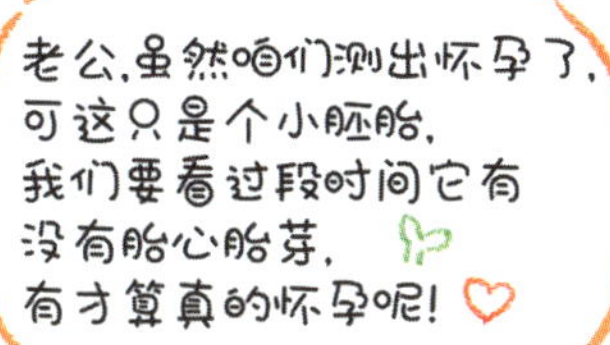

老公，虽然咱们测出怀孕了，
可这只是个小胚胎，
我们要看过段时间它有
没有胎心胎芽，
有才算真的怀孕呢！

这么复杂……
对啊。所以会有说法是
怀孕前三个月不能对外说。
就是要度过了危险期，
再和大家分享喜悦。

那爸妈咱们也先
别说了，免得
他们担心。
可是你能沉住气吗？

考验我的时刻到啦!!
叫我沉住气小超人！！
厉害，厉害！
鼓掌
鼓掌

起名记

粑粑，就叫他宝宝吧，
我们的宝贝啊！
全世界的小家伙
都叫宝宝……
那叫……
朵朵吧！
老婆你怎么知道
这个名字！
我昨晚梦见很多花朵
老婆你知道吗？我小时候
就给自己取了笔名朵朵！
得意
因为我觉得自己长得很漂亮，
但是又不能叫花花吧，
我就改名为朵朵！
Hi~我是朵朵
你的性取向……
真的没问题吗？

首次产检

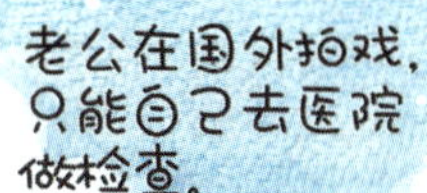

好姐妹扮成大肚婆陪我

不过，你也用不着
把肚子鼓这么大啊……

咕咚来了

B超中……
咕咚
哇~~♡
咕咚
听到了吗？
这是宝宝的心跳。
听到啦！♡
果然所有的孩子
都叫宝宝啊……
看见了吗？
这是宝宝的小心脏。
现在宝宝只有蓝莓
那么大哦。

哇，好想哭…… TT▽TT

我肚子里有一颗蓝莓，竟然还会动！

西藏之旅

回忆中……

准爸爸手册

粑粑，你要多下载一些和孕期有关的App 。
哦。
翻批
翻批
粑粑，你看看孕妇应该吃什么，不应该吃什么。
哦。
粑粑，你要提醒我吃药吃饭!
哦。
来啦~
来啦~
咱俩到底谁怀孕啊……
什么?
没……
没什么……

孕吐那点事

怀孕还要拍戏，不想大家看出来，所以密谋中……

孩子去哪里了

啊啊啊!!!
老婆你
怎么啦!
你说我们的孩子不会
没发育吧!会不会被我
吸收了?!
怎么突然这么
想啊?
书上说我该孕吐了!
怎么还不吐?!
老婆你是不是太紧张了,
不吐就证明我们朵朵体贴
妈妈啊!
哇!!是不是咱家小蓝莓
被我拉㞎㞎的时候拉掉啦?
不会啦……

口水女神

我是女神！怎么会流口水？

美丽睡神

老婆我出工啦，一会儿你起来吃东西！
哦……
10:00 A.M.
水果、牛奶都弄好了……
Z Z Z Z Z
……
1:00 P.M.
嘀嘀嘀……
老婆，你吃午饭了吗？
不要打扰我睡觉！
对……对不起……
3:00 P.M.
铃~~
铃~~
教练！我刚起床，好无聊，你教我游泳吧！
好，那准备一下吧。

我好啦，
丫丫……
……
不是你说要学的吗……
8:00 P.M.
老婆，♡
我收工啦！
吱呀～
……
你怀的是考拉吗？
呼～！呼～！

神犬狗鼻子

……
嗅
嗅
粑粑，你买榴莲了吗？
我中午吃了……
味这么大？
你这衣服怎么有点酸？
哈！
试试味
?
我这刚洗还没穿呢……
你干吗……
这屋子是不是有死老鼠啊……你看看天花板……
你不要神经质了好不好……
要不我们换房间。
哇呜～
我怎么闻哪里都这么臭啊……

妈妈尿裤了

朵朵的饭碗

好朋友的聚会

干杯!
YY! 你不来一杯？
我……戒酒了。
你每年都说戒酒，
哪年戒掉啦？
来来来！满上！
哎哎哎，我老婆最近吃
斋念佛，她的酒我喝！
DUN DUN
DUN
DUN
DUN
爽快！
爷们儿！！
肉肉……

讨厌！编什么理由不好，说我吃斋，以后怎么吃肉啊……

准爸爸、准妈妈经常饮酒可能产生畸形的精子和卵子，致使胎儿畸形。另外酒精还会导致流产、胎儿神经系统功能障碍及发育障碍。“酒精儿”智力、身体发育都不正常。准爸爸、准妈妈应在孕前3~6个月就开始戒酒。

和马甲线说拜拜

我来陪你一起跑！
不行不行，你现在只适合睡觉！
难道锻炼也不行吗？
当然了
当然了，现在卵子刚着床，你这样剧烈运动，会让宝宝掉下来的。
这你都知道？
往下啦！
着床是指受精卵种植于子宫内膜并被子宫内膜覆盖的过程。类似种子种植于土地的过程。
拜拜
拜拜了，马甲线！

想和你一起吹吹风

香喷喷
怎么也不吹吹头发
就这么滴着水跑啊？
洗完澡
好舒服！
说是，吹风机
辐射不比微波炉小呢！
那湿着会
感冒啊！
滴答 滴答
嗯……
有办法啦！
不至于吧？！
这样能干吗？！！
甩干筒
MODE
能
晕
老婆!!!

酸酸甜甜就是我

粑粑，你的身上怎么有怪怪的味道？
什么味？
酸味！
嗅
嗅
酸味
酸味
T恤、外套、袜子、裤衩……都是酸的！！
不可能！
都是干净的！！
我给洗洗吧！
太味啦！！
不能再洗啦！
给我留个能穿的内裤啊……
穿我的！
身上这件也给我。

香水有毒

老婆，
我洗香香啦！！

啊……你走开，
离我远点！
又怎么了？
洗完不酸啦！

你喷了多少香水啊？
很多香水里有麝香。
就算是人造麝香，
也是化学用品。

你快洗澡去。
又洗……刚洗完，
快洗秃噜皮了……

刷
刷
刷

没有进化完成的猴子

怎么啦？

老公，我的尾巴好痛啊——

痛痛

你尾巴怎么会痛啊？让你屁股长点肉，你不听。

心疼

是不是骨裂了……

好端端的也没摔怎么会骨裂啊？

你就是太瘦啦，硬板凳硌的。喏，给你买了个坐垫！

以后把尾巴放进圈里就好啦！

起名记二

别人家的宝宝

啊~
啊~
哎呀，你看小尧尧
多可爱啊!
要是我的就好了……
你看看人家，年轻生完
孩子恢复得真快啊……
朵朵奶奶
嗯……
怎么越说越那个了，
到底要不要说我怀孕了……
不生孩子就是不孝顺……
哈哈……
再忍忍吧……
丫头啊！你妈催你们
生孩子呢！你可快点啊！
啪!
朵朵爷爷
让你儿子加油啊，
这可不是我个人的事啊。
别再拍了，
把朵朵拍掉了……
到时候吓着你们……

一秒变悍妇

你什么时候
回北京啊？
还要一周呢……
那我自己
去产检了。
片场
休息中……
医生说这周很关键，
要准时检查，不能
拖延太久。
否则要看的部位
就看不清楚啦。
不至于吧，
我妈妈怀我的时候
还没怎么看过B超。
你到底要不要看粑粑!!
老婆大人我早点杀青，
连夜滚回来……
这还差不多!
OTZ……

/// 你来了。

/// 等待一个生命的到来是一个很神奇的过程。这是我和朵爸给朵朵买的第一件小衣服，当时还不知道朵朵的性别，不过白色的宝宝装，男宝宝和女宝宝都可以穿啦。这大概就是当父母的“智慧”吧，无师自通。

/// 我有了！

/// 谁的？

/// 爸爸想要体验一下怀着朵朵的感觉，妈妈就把枕头（？）塞到他的衣服里了，还真挺像那么回事的。爸爸，我会对你负责的。

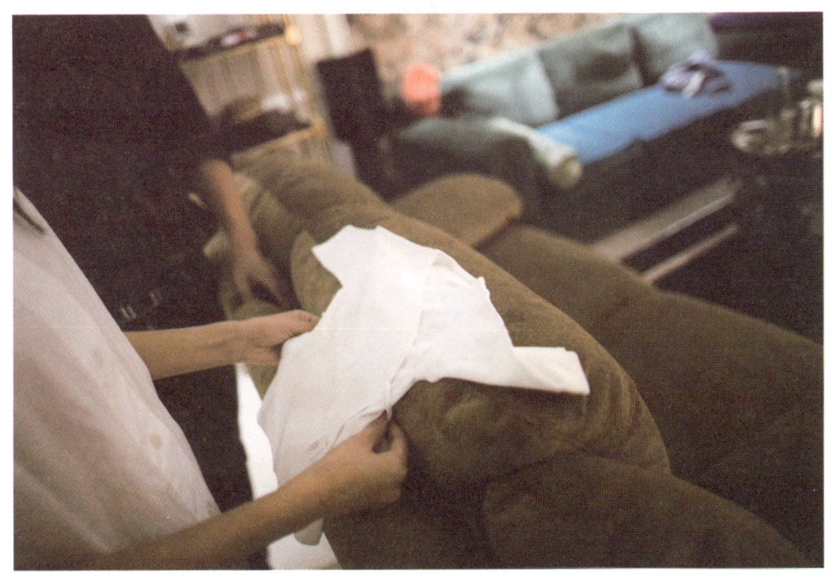

/// 名字是爸爸妈妈赋予你的祝福和希望。爸爸说，要是男孩就是云朵朵，要是女孩就是花朵朵。

chapter 2

迷茫无助时
幸好有你在

朵朵的心跳

终于熬过了三个月，能正式开始产检了。
B超室
早上要空腹……
咕咚
咕咚
老婆，你是不是好饿，肚子叫得这么厉害！
呵呵，这是你家宝宝的心跳，看！多有力量啊！
啊，这是他的心跳啊……
好快啊！是不是见到爸爸紧张啊？！
咕咚
咕咚
爸爸也好紧张！

和朵朵的第一次见面

产检第二次

医生，我怎么不吐啊？
不是每个孕妇都会吐。
体质不同，反应也不同啊。
给·检查结果。
为什么我尾椎这么痛啊，都坐不住了……
你不能哪里都不难受，总要有个出口啊！
这个出口为什么不是在孩子爸爸身上……

两个宝贝

老公你看见咱们朵朵是什么心情啊?
百感交集，说不上。
觉得特别高兴，但又有点紧张和焦虑。
为什么啊?
这个生命还很小，在肚子里也不知道什么情况，
怕有什么意外，也担心你的身体状况。
还有就是，自己也不知道有没有做好心理准备，
我就要当爸爸了吗?我能做好一个爸爸吗?
我觉得自己还是个孩子……
这么说马上我就有两个大宝贝了，我压力大得很……
你不要有压力!
有我呢!
我真的很开心，觉得自己好幸福!
我爱你

准备礼物

已经度过三个月的危险期了，快把好消息告诉爸妈吧！
啊!!

怎么啦？
就这样说也有点太突然……
?

那咱们准备个仪式吧！过两天你生日……
啊！我有主意了！

惊喜

爸，妈，今天是丫丫的生日，但我们今天也为你们准备了礼物！
HAPPY
B I A
感谢你们多年的辛苦，为我培养了这么好的一个老婆。
这个礼物送给你们。
哇~~
是什么？

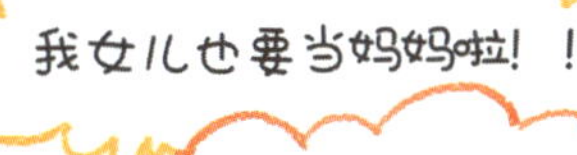
我女儿也要当妈妈啦！！
太好了，祝贺我亲家，这酒必须喝，喝一个满的！！
这俩孩子，真能憋！怎么不早说啊。
快把眼镜拿给我，我要好好再看看！！！

你们也太能守秘密了吧！！
恭喜！
恭喜啊!!
好棒！
鼓掌
鼓掌

温暖的生日

连升三级

一家三口去旅行

叮咣！
咚锵!!

后座上……

颠
飞起
颠
落下

怎么办?屁股疼极了……
先用这个试试……

可是这么颠簸，
朵朵能行吗？
屁垫×3
要不你坐着枕头
让肚子有点缓冲吧。

粑粑
辛苦你啦~♡

游山玩水

新疆 甘肃 蒙古国 东北

巴厘岛 韩国……

天天穿新衣

啊!!!!
怎么了?!
都怪你!
都怪朵朵!!
新代购的衣服,
还没穿就小啦!!
要不穿我的?
我不要!
不开心!
想哭得要死!!
走!
咱们买衣服去!!!
飞快~
刷起来~
这才是好爸爸♡

屁嘟嘟

孕妇就是爱放屁嘛!

被老妈嫌弃

女儿啊，你能不能在家也打扮打扮？
我是孕妇啊。
你看看你披头散发、衣冠不整，我看着都嫌弃，你老公怎么忍你的？
嘀叨
嘀叨
我很累，不爱动，他说怎样都好看，都是女神啊！
怀孕不能成为你邋遢的理由啊！
男人的话你就不要相信了……
哎呀
哎呀

钢琴小王子

妈，你想多了吧……

挟天子以令诸侯

爸爸！♡
我想吃火锅！！！
不行！

又不是我想吃，
是朵朵想吃。
不信你问他。
哦？

你整天带着朵朵
要挟我啊！
朵朵，
是你想吃还是
妈妈想吃？

咕噜噜……

酸儿辣女

生男生女是由精子中包含的一条染色体决定的，X染色体是女孩，Y染色体为男孩。精子中的染色体是随机参与受精，成为受精卵的那一刻起就已经确定是男胎女胎了，后期的人为因素是改变不了宝宝性别的。

性别大猜想

你说，肚子里这个，是男朵朵还是女朵朵啊？
肯定是男朵朵
嗯，我也觉得我是做婆婆的命。
还是个恶婆婆吧！我这么事儿……
老婆，你确实挺事儿的……
只能我说我事儿！你不许说！
我错啦！

看胸辨男女

有说法是：看孕妈的胸部。

8cm 平均增长8厘米，是女孩。♀

6cm 平均增长6厘米，是男孩。♂

网上说的，因为男胎分泌的睾丸酮更多，需要母体的能量更多，抑制了乳房的增大。

你们男人不是都喜欢大胸吗？！不要在这里装模作样好吗？！

童言无忌

姐姐家的孩子刚学会说话。

朵妈梦游记

因为朵朵，我的后背都腰痛死了，梦里都睡不好!
老婆坚持!

干吗呢你?
在泰国学哒!

爸爸的礼物

老婆！这个剧本特别好！！
我想把它送给这个阶段的我们，作为礼物。
爸爸……
可是我现在肚子大了，怎么办啊？我怎么演戏？
咱们就演孕妇！
不要，太丑了！
谁说的，老婆，现在的你是最美的！

而且我不能长时间化装，不能吹头发做造型。

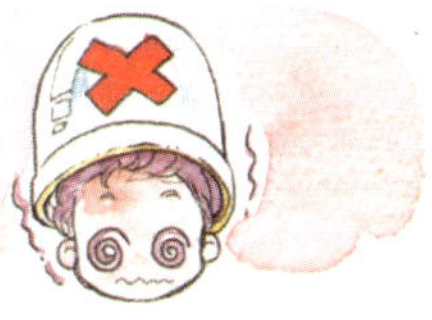

不能干很多事，好麻烦，我就想天天睡觉，不想工作。

爸爸的礼物二

几天后……
那个电影……
爸爸，我理解你的好意，但是我真的不想演。
你就拍拍我记录一下得啦。
我剧本都写好了。
要不你找别的女演员完好吗？
这是给我们和朵朵的礼物。和别人拍还有什么意思？
人家会认为我们有多缺钱怀孕还拍戏？!
这是给我们最美好的纪念，你干吗要在意别人的想法，活着别太累了啊！

怎么才能不拍戏啊……

爸爸的礼物三

神奇的胎动

怎么办呢……
哇!!
咕咚
爸爸你快来!
朵朵动啦!!
他不是一直在
里面动吗?
爸爸,你怎么这样。这是
我第一次感觉到胎动,是
一个很奇妙的经历。
你这个当爸的也
太没心了吧!
哼!
啊?是吗!
让我摸摸!

走开，我和我朵朵的事情，
不关你这个外人的事！
朵朵，爸爸错了，
你再踢一下嘛！
飞踢

最好的礼物

对不起……
怎么了？
我太任性，不能帮你实现愿望……
我也不该勉强你，我想通了，电影多得是，不要为了它影响心情！
你放心，我们最好的作品一定不会是哪部电影，而是朵朵……
这次欠你的，下次你找我拍戏，我给你打个八五折！！

爸爸和妈妈和好啦

爸爸你知道吗，
昨天我们吵架后
朵朵特别害怕。
他害怕你都知道？
平时我的肚皮热热的，
昨天肚皮冰冰的，
就是表示他在害怕，
他很自责我们因为
他吵架。
乖朵朵。爸爸妈妈
不是因为你生气的。
放心吧我们
已经和好啦。
朵朵，谢谢你来到我们身边

咕噜噜冒泡泡

[关于胎动]
开始的时候胎动就像小鱼吐泡泡，皮厚的妈妈基本感觉不到。有时会像挠痒痒，再后来，胆子大了，踢你一脚，偶尔还会掐你一下。

和朵朵的游戏

朵妈大多数时候都不爱动。
最近又找出新玩法。
朵朵，咱们来踢足球吧！
老婆你别玩他了好吗？
他神经系统发育还不完全呢。
你知道什么啊，你叫叫他看他动不动？
朵朵……
你妈太能闹了，咱们好好在里面养着哦。
抖
抖
哇!!
啊啊啊啊啊！！真的能听懂啊！！！
我说什么来着，你还不信咱们朵朵是天才！
朵朵朵朵朵朵……再动一次啊！
我和朵朵要睡觉了！你起开！

每日一首歌

自从朵爸真切地看见好动的朵朵的存在后，爱心满满。

决定每日给朵朵唱歌胎教。

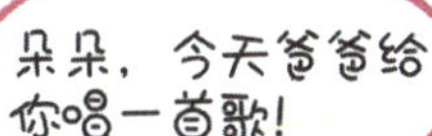

咱们朵朵还这么小，就要开始爱国主义教育了吗？

哦，那我换一首。

月亮在白莲花般的云朵里……

那时候妈妈没有土地……

爸爸，能不能唱点喜庆的？！

尴尬的孕期

呜呜……
朵朵妈你怎么了，是不是肚子痛？
喝点热水……
好几天没有嗯嗯了，你给我买点酸奶吧！
要不要乳酸菌啊？!
给我来五个！
啊，那会不会闹肚子啊……
一扫而空……
还是不行……
要不试试这个？!
怎么样，有感觉吗？
没有……要不爸爸你带我去吃路边摊吧，把肚子吃坏就好了……

那怎么行，这样朵朵会生病的！
那怎么办？我快难受死了……朵朵会被我肚子里的垃圾熏臭的……
走。
干吗去？
你就是缺乏锻炼。咱们走路去！
快走
快走
爸爸，快带我去厕所！我有感觉啦！！
可是这里没有厕所啊……
我不管！快给我找啊！！
WHERE IS W.C.?

禁止喧哗

老婆我们去看电影吧!
可是网上都不建议孕妇看电影，太吵了……
你穿厚点，肚子上再盖着我的衣服，就不吵朵朵了。
嚼
热死啦啊啊……

闯关进行时之唐筛

璇妈妈说："怀宝宝的过程就是闯关的过程。"
可医生却说："产检过程是宝宝经历一次次考试的过程，也是妈妈爸爸对宝宝每一步成长的体验过程。"

小房子住着大宝宝

不过像朵妈这样太早宫缩的准妈妈不是很多呢，朵妈平时闲不住，有时候太累，假性宫缩的情况就比较多。医生说如果过于频繁就需要药物干扰。如果大家遇到了同样的情况也不用担心，立即让自己静下来，休息五分钟左右就好啦。

手巧的懒妈

姐姐给朵妈寄来一大堆手工，让朵妈打发时间。

朵朵以后知道他的玩具都是姥姥缝的一定特别高兴！

都是花钱买的布，你要不做我就把布扔啦……

哎哎哎……

你这丫头太能给我找事啦！

哈哈，这样你就可以不盯着我啦！

其实做手工是一件很有趣的事情，打发时间段同时又增加生活情趣。后来在朵朵姥姥和朵朵大姨的共同协助下，我们给朵朵做了床铃、摇摇铃，还有很多公仔，也是很有成就感呢！制作结束后千万记得把小玩意儿洗香香哦！展示孕妈妈心灵手巧的时刻到啦，给自己的宝宝和老公露一手吧！

闯关进行时之畸形排查

终于到了做畸形排查的日子，B超做得特别详细。
这是你家朵朵的鼻子……
下巴……
眼睛……
是不是尖尖的下巴啊？
老婆，孩子很像你呢，真漂亮！
哼哼，这个都是显性遗传！这下没人说我是整容的尖下巴了吧？！
就是就是

性别大猜想二

因为胎位不太好，医生让在走廊里活动活动。
一会儿问问医生男女呗？
医生能给说吗？
不要直接问，暗示一下！
万一不说呢？哦！对了……
一会儿咱们注意看看B超，医生要看孩子的尾骨，到时候咱们趁机看看！
OK！
医生，孩子转过来了吧？
嗯，孩子很乖呢！

医生，那个一截截的是什么？
这就是脐带啊，全靠它呢！
那个是小葡萄 吗？
朵爸你太厉害了，B超你都会看了！
我是天才啊！
可是我想要妹妹！！我要小苹果！！
老婆，儿子像妈妈！女儿像我不好看，怎么办啊？
这下好了，我们的朵朵会和妈妈一样漂亮的！

一场爱的考验……

B超继续中……
你家朵朵的胃泡和肾脏都有点大啊。
胃大是不是能吃啊？
正常的应该是2.3cm，你这个2.7cm，有点超了。而且20分钟蠕动一次。
咱们看了40分钟了也没变小。盲肠这里还有些阴影……
那怎么办啊，这对孩子有什么影响吗？
现在不好说，由于孕周太小，还不能代表什么，还要继续观察，十天后再来一次。
那最糟的情况是什么？
肠梗阻……

如果真梗阻，
有什么办法？
严重的就需要
手术……
你们千万不要担心，
你们孕周不到，再长几天
应该就没事了。

手术?!!
我只是说最糟糕的情况……
你们就踏踏实实回家，十天后再来。

好吧……

难过的爸妈

老公……
我害怕……
宝宝，咱们的朵朵
是个坚强的孩子，
他很快会发育好的
……
不要担心……
好不容易五个月了，
无能为力得很……

拍拍
朵朵，你是世界上最乖
的孩子，不要吓唬爸爸
妈妈……

好好长大……
好好排尿……
让自己的胃小点！
念念
这么说管用吗……
怀孕怎么这么费劲啊……

努力微笑

老婆我带你出去散散心吧，
出国玩几天，朵朵高兴，
身体就好了！

可是这种状况我哪里
都不想去……
万一有什么情况
怎么办啊？
不会的，医生都说了，
没到时间呢，你就
别担心啦。

现在你的情绪是最重
要的，坏情绪会产生
负能量影响朵朵发育的！
起身
那我努力让自己
心情好点。

呜……
啊……

不哭
不哭

做一个坚强的妈妈

老婆，你在干吗？
不要影响我创作啊！
哈哈哈哈哈哈哈哈哈哈哈
我老婆要搞什么创作？写剧本吗？抢爸爸饭碗？
我准备出书！
老婆你好可爱。为什么你说正经事都那么可笑啊。
来亲亲
你等着！！看我的成绩吧！！
好吧，加了个油~
朵妈开始每天写写画画……

美丽陷阱

花市场
家里多些花看着心情会好吧？！
璇
好香~
你现在孕期不能什么花都买，有些花粉是有微毒的，要注意哦。

啊？是吗？

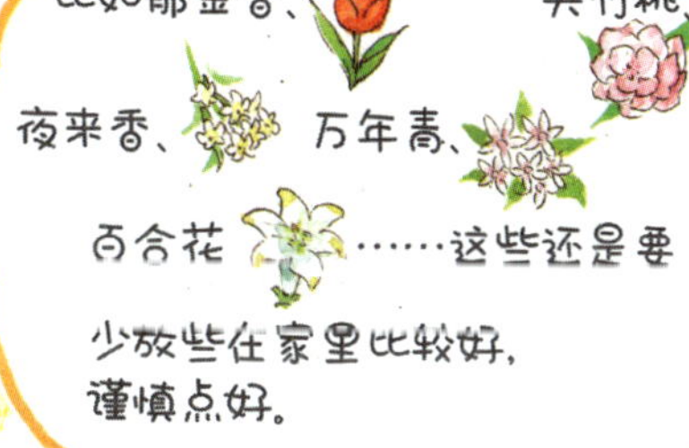

比如郁金香、夹竹桃、夜来香、万年青、百合花……这些还是要少放些在家里比较好，谨慎点好。

哈哈
璇，你懂好多啊！

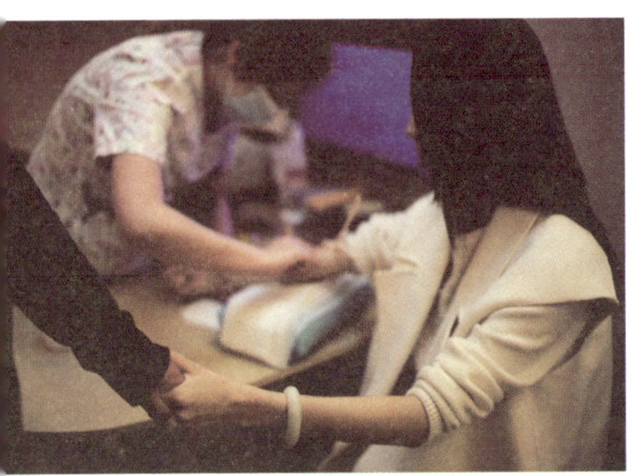

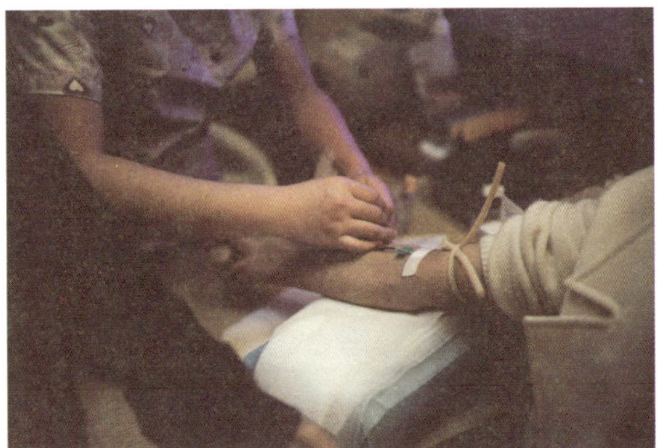

/// 有了朵爸的陪伴，抽再多血都不怕!

/// 爸爸陪妈妈产检什么的最有爱了。

每次产检都非常磨人耐心，幸运的是，无论多忙，朵爸都会陪着我。

/// 朵朵，这本书是妈妈送你的礼物。当你有一天问我，你是从哪里来的，我就会让你翻开这本书，这里记录着从零开始的一切，记录着你的成长，爸爸妈妈对你的爱，你要好好珍惜哦。

/// 这是给朵朵缝制的第一双小鞋子，是不是很可爱？但是想着有一天，你可能会自己走路了，再也不会依赖我们了，竟然会有点失落。

/// 为了准备这本书的内容，妈妈时常在书房里写写画画，朵朵爸每次都会充满爱意地嘲笑我。哼，虽然画得幼稚了点儿，但态度是认真的！朵朵，以后一定要为妈妈“报仇”哦。

/// 本来记录这本书，只是想做一份独一无二的礼物送给朵朵，然而听了朋友们的建议，决定将送给朵朵的这份礼物也送给其他的小朋友，因此请了专业的医生为内容把关。虽然不是独家礼物，也希望朵朵不要生气哦，因为我们要懂得分享。

chapter 3

因为你
我学会了坚强

宝宝带来的改变

哇!!!!
哇!
哇!!
老婆，家里越来越温馨啦!
其实我最喜欢的就是布置家里，插花喝茶什么的。
我愿意做一个家庭主妇。
老婆，我喜欢你现在的样子。

以前拍戏好忙，感觉住家的时间都没有住酒店的时间长。
现在怀孕了，我准备好好改变一下生活方式啦！

我赞成，以后我们要多些时间给彼此，学会好好生活！
不让咱家永远像个样板间。

嗯！

虚惊一场

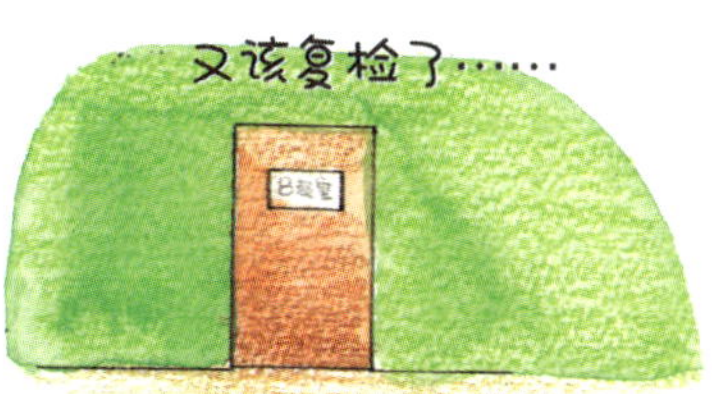

今天别紧张，我们多了几个专家来看看你的朵朵。也是为了确保检查结果。

谢谢你们，这几天我们都紧张死了……

嘿咻

抹~~

爸爸你紧张吗？

不紧张啊，我们朵朵一定是个健康的小宝宝。

不紧张你怎么
一手汗?!
你家的宝宝基本没问题啦!
上一次功能还不
成熟。
现在看胃泡大小
正常啦!
阴影也
消失啦!
你们就踏踏实实养胎吧!
哇! 终于放心了!
不哭不哭
没哭!

我们的小乖朵

我们的朵朵真争气！
多亏我天天和他念叨……
你怎么不说我肚子争气啊？！
对啊！我老婆最厉害了！
为了奖励你，咱们带朵朵去旅游吧！
朵朵想去海边，他想游泳！
他在你肚子里还没泡够？
没……

带着朵朵看世界

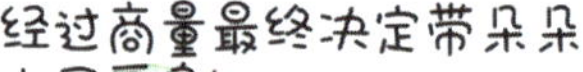

经过商量最终决定带朵朵去巴厘岛。

飞行时间不算长，
又不用签证，天气空气都好，
现在是孕中期，很适合旅行。

宝宝我挡着你点，别让他们挤到你啦！
熙熙
攘攘
放心吧，我会保护好朵朵的！

你看那边那个女的应该是和你一个国的。
这里大部分都是一国的，你是不是傻？
我是说，她也是妈妈国，我现在一下就能看出谁是孕妇。

哇！宝宝知道的多得很！
学着点……

以后朵朵要问你更多的问题，你要解答十万个为什么！

特殊待遇

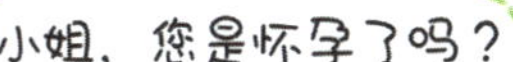

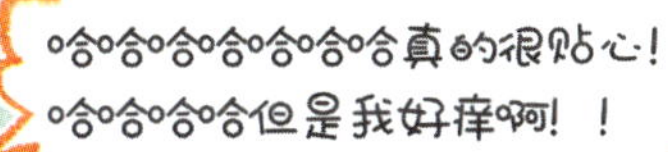

各位妈妈，如果怀孕坐飞机，可以主动和安检人员说明，不走安全门，让女安检员手检，所有机场都会答应这个要求的。但其实安全门的辐射强度不比电视、电脑大多少，不用太过担心。

久违的大海

哇!!
他看见大海太开心了!
他怎么看啊?
老婆，这么好的空气，你要多吸吸，朵朵一定开心的!
抓住
朵朵! 你现在透过妈妈的肚脐眼看看大海!
掀开!!
哈哈哈! ! !
你以为你长的是猫眼啊……

爸爸妈妈真没羞

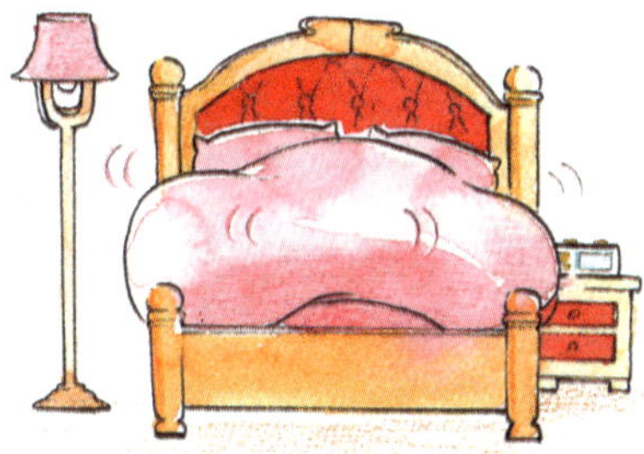

宝宝的恶作剧

2:05 A.M.

10 mins later

散步漫语

你小小的肚子里竟然有个活的小东西，太可笑了，真奇妙！
那如果男人也能怀孕的话，
你想试试吗？
这个……就算了吧……
人家海马都是爸爸孕育孩子的……
我又不是海马。
但是，我会保护好你们的……

朵老大的新家

朵朵的婴儿床
是不是要早买啊?
嗯，新家具都有
味道，要早买早
散味道。
直接买展品吧，这样
估计味道能小很多。
可是你们不嫌
有磨损吗？
没事，只要我们
擦干净就好啦，
朵朵的健康是
最重要的。
买回来在
太阳下暴晒!
北京的冬天……
暴晒的机会
不多吧……

朵老大的新家二

麻麻，你找人在墙上画一个地图嘛！
大公鸡吗？
当然不是！我们朵朵要一整面墙的世界地图，要全球的！
以后去过一个地方，插一面红旗吗？
好男儿志在四方，
我们要做高瞻远瞩、有宏图大志的人！！
I'm the king of the world!!

朵老大的新家三

麻麻，我们朵朵不是花朵的朵吗？什么时候变成云朵的朵啦？
我们是男孩子！！不要做花朵的朵！
所以朵朵会冲向云霄，宏图大展吗？
嗯，给朵朵催眠，从小给他心理暗示，让他以后成长为一个拥有博大胸怀的人。
我好羡慕朵朵，他也太会投胎了！！

很多人说孕期不应该装修房子，但有些家庭希望给宝宝一个温馨的环境，那么就要注意很多细节，尽量在原有的房间基础上做简单的改造调整，能不使用电钻类的工具最好，避免噪音影响孕妇的神经系统平衡以及胎儿的听力。

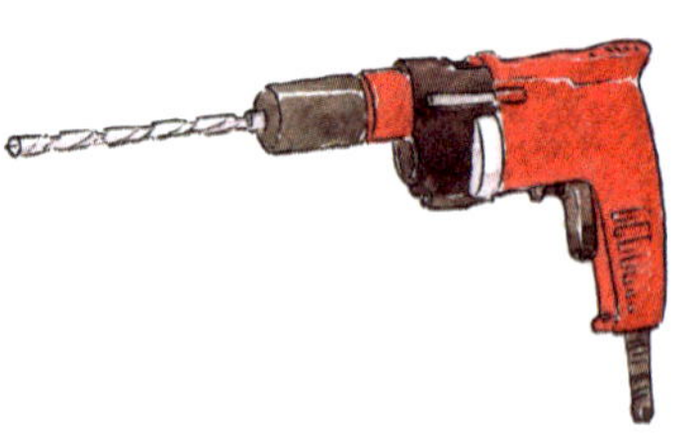

现在市面上有很多所谓的环保家装家居，最好在之前做个检测，儿童家具能买展品或二手的会更放心些。朵朵妈在家具进来后专门做了两次除甲除苯，在天气好的时候尽量开窗通风。有条件就备一台专业的空气净化器，不过老人都说花花草草才是天然的“空气净化器”，所以可以选择一些吊兰、绿萝、芦荟等植物放在家里，作为健康的辅助手段。

当然这一切要尽早做哦，朵妈可是在朵朵出生前半年就开始布置朵朵房，然后开窗通风暴晒的呢！

瘦妈妈变胖丫丫

爸爸我又长胖了
怎么办?!!
你那么瘦,
长点肉不怕啊!
可是朵朵要是长太大
我就不好生啦,我以后
不吃饭啦!!
朵妈,你不吃饭,
饿到朵朵怎么办?
可是我不要变
成大胖子!
老婆你这样肉乎乎的
很可爱呢,以后我会
怀念的!真的很喜欢
你这样……

爸爸虽然知道你是哄哄我的，
但是很受用呢！
夸得我都饿了，要不给
我买个肉夹馍吃吃吧！
好嘞！大肉虫子！

你说什么?!!

孕妇“综合征”

有时候……
妈妈的情绪会莫名其妙地
低落……

淘气朵朵

朵朵爸爸出差了，晚上妈妈想录视频给爸爸……

原来朵朵在和妈妈捉迷藏啊，淘气的小家伙！

懒妈困爸

就爱这一口

璇：你没起床吧，给你包了饺子。放你家门口柜子上啦。
以后我家朵朵会经常去你家混饭的。娘胎里就爱吃你家饭。
朵朵，咱们又有口福啦。
那就给我养吧。
到时候快点抱走啊!
别舍不得哭鼻子!

爱笑的天使

例行检查中……
宝宝现在开始长肉肉啦，我要看看他发育得怎么样。
可他不给我们看呢！
朵朵乖孩子，你转过来给我们看看嘛！
来嘛～
朵朵粉丝团
啊！
啊啊！
哈哈～
啊啊啊孩子笑啦！！太有镜头感了吧！

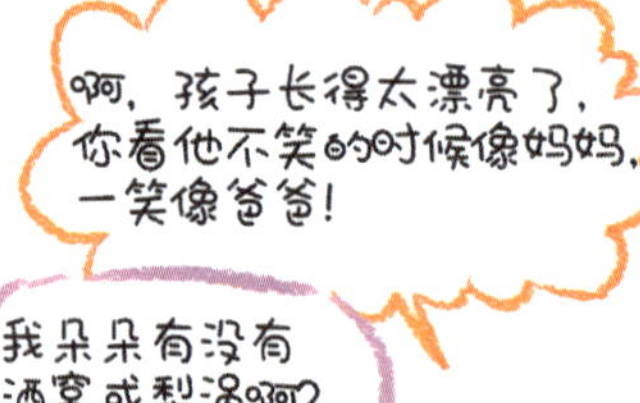
啊，孩子长得太漂亮了，你看他不笑的时候像妈妈，一笑像爸爸！
我朵朵有没有酒窝或梨涡啊？

这个……看不出来啊……

所有人都说爸妈都有梨涡，孩子一定有，可万一没有，是不是我很没用？
我们孩子长这么漂亮，多好啊，你别瞎想啦！

1+1=3

朵朵，爸爸特别高兴，
你实在是太帅啦！

我终于体会到了当爹的自豪感！

这种感觉是这辈子没有体会过的。

真的像别人说的，等你当了爹才能知道是什么感觉。

你知道吗？
有个新的生命，
是我和一个女人两个人的
结合产生的，
这实在太神奇了。

足球宝贝大肉朵

朵朵能听见妈妈的声音了，朵妈最大的爱好是对着肚子录像给爸爸看！

爸爸，可是我觉得他
有踢足球的天赋!

好笑，
又想哭……

一个小东西钻进我肚子
里欺负我，我还无能为力。

老婆辛苦啦!
这可是你的宿命啊!

你生命中很重要的一个
任务就是和我一起创造
朵朵，真伟大。

我会加油的。

呼噜娃

老婆昨晚你睡觉打呼噜好厉害!
啊是吗？下回我要是打呼噜了你要弄醒我哦!
听说孕妇打呼噜不是很好，严重了会造成胎儿缺氧……
好……
晚上……
Z
Z
Z
Z
Z
Z
宝宝，醒醒，你打呼噜了!
你不要吵我睡觉好吗……
怒
谁吵谁啊……

朵朵好难

后期月份大了，医生要求孕妇尽量左侧睡。

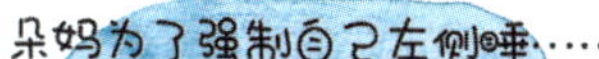

拿枕头垫在背后让自己无法翻身。

半夜醒来……

耍赖第一名

老婆
喂~?
我被医生批评啦!!
都怪你!!
怎么啦宝宝?
医生批评我睡得太晚,
说对我和朵朵都不好,
叭啦叭啦说了一大堆,
丢脸死啦!!!
你看我让你
早睡你不听!
你不睡我
怎么睡啊!!

你别这么说啊，最近
电影后期紧张啊，
我尽量早点回家
陪你，可是你
自己也要睡啊！
朵朵必须要听你
讲故事才可以睡啊！
他只听你的，他不睡
我也睡不着！
我们刚睡着，你回来
又把我们吵醒了怎么办！
没有爸爸的肥胳膊我也睡不着
爸爸你要对我和孩子负责……
以后我把工作
拿回家吧……
爱上一个
不回家的人……

记录胎动

医生说以后要开始每天记录胎动，早中晚各记录一次。吃饱饭，朵妈躺在沙发上，拿着笔开始记录。

后来朵妈才搞清楚，原来不是朵朵的问题，是数胎动的方法错误了，反正到最后也没数明白。但是各位准妈妈不要学朵妈，在后期的一些检查中医生经常会问到宝宝的胎动情况，每次朵妈回答不上来都会挨批评。

闺蜜之间的秘密

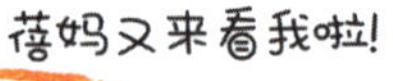
蓓妈又来看我啦!

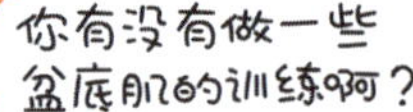
你有没有做一些盆底肌的训练啊？

什么训练？我不知道啊!

W.C.

这个预防你后期漏尿,有助顺产,对你未来的“性”福也是至关重要的!
哦哦……

以后嘘嘘时随意停止四五次。
哦。

动作示范：

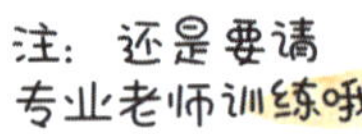
注：还是要请专业老师训练哦!

努力!为了幸福生活!!

南瓜公主

老婆，你现在怎么走路像个老干部，挺着个肚子岔着腿？

你以为我想这样啊，丑死了！

以前我还老嘲笑别人走路外八字，现在我不外八字都站不稳！
哈哈哈你瘦的时候就爱挺肚子，现在让你挺个够！

你要知道，我现在是两根筷子顶着南瓜，重心不稳！
哈哈……
我容易吗？!!

爸爸的胎教时间

朵朵，爸爸今天晚上决定给你唱一首英文歌曲，因为你未来要做一个国际朵朵！
你不仅要会中文，还要会英文。
朵朵辛苦得很。
日语。
德语。
法语。
西班牙语。
葡萄牙语。
朵朵厉害得很！
所以今天粑粑要唱的这首歌是所有英语爱好者、英语歌曲爱好者必会的曲目！
只有会了这首歌，才能会唱其他的英文歌！
预备唱！
ABCDEFG...
踢
踢
朵朵你是喜欢听吗？怎么这么兴奋！
那粑粑再给你唱个印第安人之歌吧！
one little
two little
这俩人真幼稚……

谁的老婆谁心疼

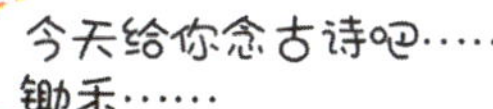

我告诉你这可是我媳妇，
你没有资格欺负她，
小心你出来我揍你！

估计他出来你就不敢揍了，
大人不记小人过……

善感的妈妈

朵妈在看一个朋友写的关于生孩子的文字……

真会找借口

Wuooooo……
爆表啦！
爆表啦！
BI BI BI
790
北京的大雾霾让朵妈喘不上气……
再买两个净化器……
你在家戴个口罩干什么？
哭哭！哭！
空气不好，憋得慌啊！
你戴两个口罩在家能不憋吗……
家里没开窗，空气没那么糟糕。你也太夸张啦！

医生真好

最终决定，
去三亚躲几天雾霾……
你很快就32周了，
按道理你有出血和
宫缩的迹象，不是
很适合坐飞机的……
可是空气太差了，
也没太阳晒，我想去……
我觉得我现在
身体没问题。
那我帮你检查过后，
给你开个证明，
坐飞机时要用。
有任何问题
要及时联系。
太好啦！！
谢谢医生！！

胖人鱼

朵朵你听到了吗？
大海的声音。
哗啦～
哗啦～

一会儿带你游泳吧，
朵朵最喜欢水啦

摄影师小白
您能在水里游，
不漂在上面吗？

我怎么沉不下去啊？！
哈哈你肚子上有个
巨大的球，浮力太大了！

怪不得朵爸
游泳那么好，
他是小胖，
自带救生圈！
哈哈哈哈哈……

意犹未尽

闯关进行时之臀位

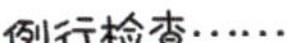

他现在坐在你肚子里……

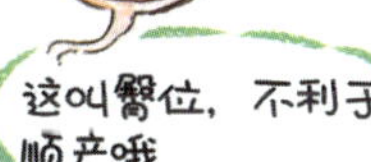

演技大比拼

啊啊啊
啊啊啊
怎么啦，
老婆?!
抽筋
抽筋
恶作剧
成功！
快揉揉
啊啊啊
啊啊啊
怎么啦！
抽筋
抽筋
粑粑你的戏有点过啊，
昨天我用过的梗……
真的抽筋！
学人变毛驴！
还真的是抽筋啊，
给你揉揉吧……
谁生活里还
演戏啊……

哎呀,你是天天看我
吃钙片馋了吧!
以后也给你吃哦,
你这是缺钙!
我缺心眼……

家家有喜

哇！你这是怀孕啦，大大的恭喜啊！
这不是闯关的第一关吗？
哎呀太高兴啦！
这怀孕也传染啊……
我家朵朵有伴儿啦！
是啊，希望他们也是好朋友！
女儿我就收儿媳，儿子就是好兄弟！你肚子里的我预定啦！
他们会撞脸吗？哈哈哈哈……

妈妈的烦恼

世界上最幸福的事情就是最好的姐妹和你同时怀孕,两人还是邻居，一同面对孕期的困扰，一同分享双倍的喜悦，整个孕期都有最亲切的陪伴。从此,花园里多了两个孕妇散步的美丽的背影……祝福我的好姐妹。

做人要诚实

距离电影上映越来越近，爸爸也越来越忙……

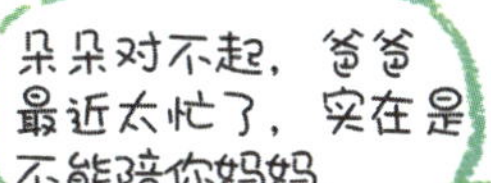

爸爸跑路演好辛苦

我晚上回北京，
但是要通宵剪片子，
明早飞长春。
啊大禹治水啊，三过家门而不入……
对不起……
没事啦，朵朵说要给爸爸送消夜。
不许你带着朵朵乱跑，朵朵说他晚上要早睡觉！
朵朵在我肚子里，我才能听懂他说什么！

早上
飘
朵朵，爸爸回来
给你唱歌啦！
啊，天都亮啦，
你快睡觉吧！

我马上去机场继续飞啦，
想来看看宝和朵朵。

有病啊，这点时间不在
机场好好休息！
松骨
按摩
女人永远都是心口不一

爸爸加油

其实朵朵爸爸真的很辛苦，一面要宣传电影，一面还要抽时间照顾我，自己压力很大还要安慰我的情绪，好在这次怀孕我的反应不是很大，就是偶尔作一下，给爸爸一朵小红花！

小气鬼

是时候给朵朵添置日用品啦，朵妈在商场里看什么都好看。

会过日子的妈妈

妞，你家儿子比我的大四个月，穿不下的衣服给我留着啊！
姐，你快看看你有没有旧衣服，干净的给我……
喂，亲爱的……
老婆，你不用这么省啊，我有钱养你们啦……
这叫百家衣，对宝宝好。
朵朵你妈妈太抠门儿啦！以后爸爸买给你！
你不当家不知道柴米油盐贵！！
把给我买衣服的钱让出来给朵朵！
你买衣服本来就没预算！！！
过分啊……

就这么愉快地决定啦

果然，朵爸还是忍不住给
朵朵买了好几件小衣服……
老婆咱们买个裙子
给朵朵穿吧！
蹭~
朵朵是男生
穿裙子干吗？
可是漂亮的小裙子好多，
太可爱了，你快生个女孩
给我！
这个还没搞定，
你想累死我吗？
下次你生！
啊……
好的！
下次让我来！

娇气包

后来朵妈上网求助，发现怀孕时期闻不了米饭味道的人很多，其实怀孕确实会有各种各样的奇葩反应，比如偏爱吃平时不爱吃的东西，愿意一个人待着等。

/// 有一段时间为了演戏，把“体重过百”当成了目标，但是最终没有实现。有了朵朵之后，不知不觉间体重渐渐增加，某天一上称，居然过百了！

/// 孕育着新生命，感觉每一缕阳光，每一阵清风都是那么清新甜蜜，充满了希望。爸爸和妈妈为了迎接你，精心布置的房间，你一定会很喜欢的。

/// 我最大的愿望就是可以和心爱的人一起环游世界，走到哪儿玩到哪儿，走到哪儿吃到哪儿。现在我的愿望里又多了小小的你，真好。一想到今后我们一家三口，去看大海，去看日出，去吃遍世界的美食，我就会觉得好幸福！

/// 因为怀着你，妈妈又胖了，美美的裙子都穿不下了。你答应妈妈好不好，等你长大了，陪着妈妈一起去买更多美美的新裙子，你做妈妈的小保镖，好不好？

/// 听说朵朵在妈妈肚子里的时候就像在水里游泳一样，可幸福了，于是妈妈也来奢侈一下，感受和你一样的幸福。

/// 朵朵，妈妈在沙滩上写下你的名字，等你长大我会手把手地教你写名字。妈妈不怕浪花把你的名字带走，因为你的名字深深地刻在了妈妈的心里。朵朵，沙滩很温暖，海浪也很温柔，整个世界都因为你而柔软了。

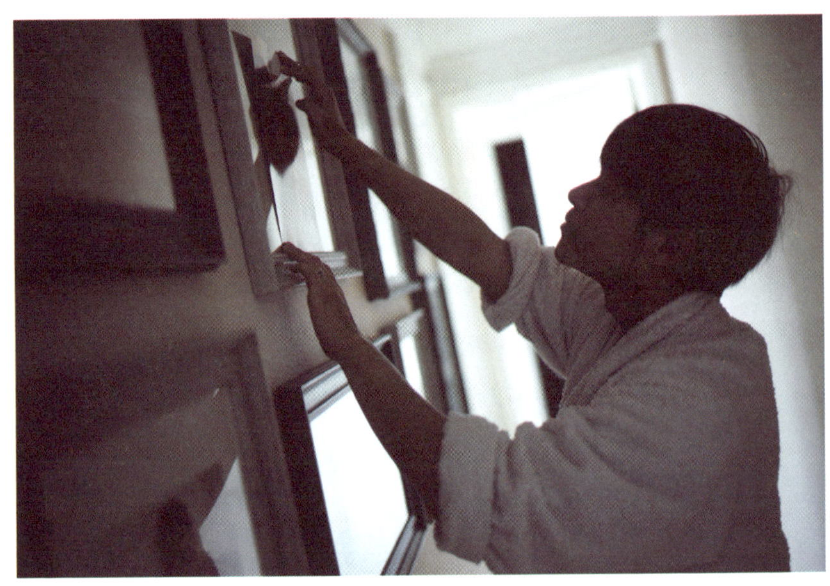

/// 爸爸知道妈妈爱臭美，因此在家里所有的墙壁上都挂上了妈妈的照片。可是有一天爸爸突然开始整理墙上的照片了，说要给朵朵的照片留出位置。呀，不会以后朵朵的照片要占据家里所有的墙壁吧，妈妈可有点儿小吃醋呢！

chapter 4

宝宝
咱们私奔吧

宝宝入盆啦

早上醒来想翻身下床，但是……
妈妈！！
怎么啦？
怎么啦？
我的右腿大腿根好痛啊……
这算什么，我生你的时候两条腿都疼，和撕裂一样！
啊，那么夸张？
朵朵开始入盆啦，不过你这还没开始到疼的时候呢，那时候我都不想要腿了……
还好不是不想要我了。
要么怎么说女人伟大呢。后期腰也会更疼的。
啊啊啊……
不要吓唬我啊。

做妈要细心

新疆的姐姐来北京照顾我。

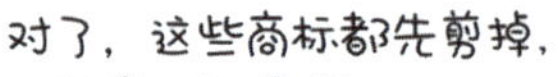

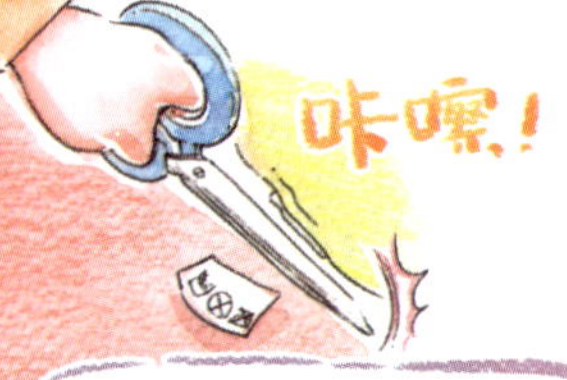

新生儿的衣服要和大人的衣服分开清洗，内衣外衣也要分开洗，避免细菌交叉感染。家用洗衣粉碱性太大，洗不干净还容易刺激宝宝娇嫩的小皮肤，所以还是用儿童专用的洗衣皂比较好。洗衣机里也会有些细菌，千万不要嫌麻烦，宝宝的衣服还是用手洗啦！！！

闯关第N次

这周要做个
骨盆测试……
有必要吗？

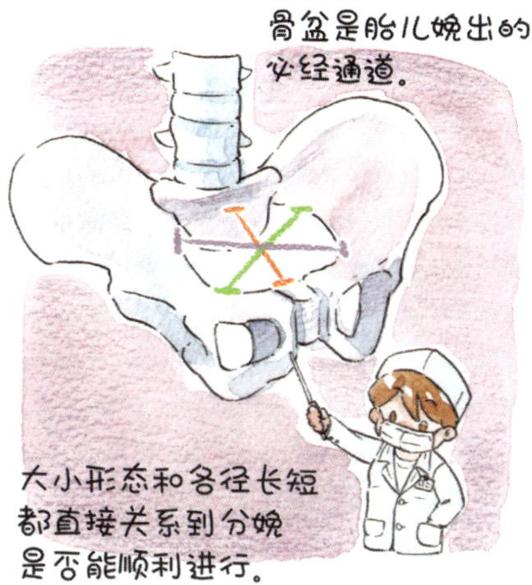
骨盆是胎儿娩出的
必经通道。
大小形态和各径长短
都直接关系到分娩
是否能顺利进行。

所以我又适合顺产了吗？
如果条件好，干吗
来一刀呢？

朵朵
加油啦！

加油宝贝

这周起坐姿和睡姿
都要调整啦。
我就愿意躺着。
我们需要的是朵朵在肚子
里和你拥抱着，现在他是
屁股对着你……
我热脸贴着
他冷屁股吗？
你要开始有意识地重心朝前，
例如：
or
趴桌子。
趴墙站，
脚离墙十厘米。

绝世好闹钟

宝宝在妈妈肚子里的时候能听见外界的声音，尤其是爸爸有磁性的男中音，所以爸爸们要多和宝宝聊天建立感情哦。

全能粑粑

孕晚期医院会安排一些课程。

粑粑你要好好听讲啊，
以后朵朵吃喝我管，
拉撒你来……

要是我能下奶，估计所有的事都是我的……

温暖的大白

为了避免长妊娠纹，朵妈
每天都给自己抹很多油……
粑粑，你来看看，
我是不是长妊娠纹啦？！
来啦！
哪有啊？
仔细检查下啊！
你皮肤那么黑，
长纹路会很明显的！
粑粑，你说我未来
会不会变白啊，
你看气球吹大了
颜色都会变浅的！
气球没气了，
还都是褶儿呢！
怒

烤乳猪

老婆你每天抹这么多油在身上不难受啊？
这样我才不会长妊娠纹……
你现在进了烤箱就是脆皮猪哈哈哈哈！
怒！
说，你错了！
噢噢噢，我错了，不是脆皮猪！
打
打
是烤！乳！猪！！！

胎教进行时

朵朵你知道吗？你妈妈以前可瘦啦!
因为你她的肚子变得这么大很辛苦的!
肯定是大胖小子!
朵朵自私得很，把妈妈的营养都吸走了。
朵朵一定是遗传了你的易胖体质，
以后家里两个大胖子欺负我!
不对，是两个大胖子保护妈妈!
幸福吧你就!!!

不靠谱的小夫妻

今天要空腹喝糖水，
主要检查孕妇糖尿病。
实在不喜欢喝甜的，
喝多少啊？
一小时一杯。
老婆你拿出你喝酒的
架势啊，把这杯干了！
要不你给做个示范啊，
你先干为敬吧！
咱俩划拳！
谁怕谁啊！
哥俩好！

好奇麻麻

朵妈有时候有很多奇怪的问题……

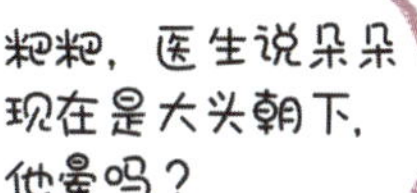

我怎么有这么不靠谱的爸妈啊……

染色朵朵

今天咱们吃红烧肉啊!
吃这些深色的东西,
朵朵会不会黑啊?
那以后你就吃白萝卜吧,
水灵灵的!
呜……
其实酱油和宝宝的
肤色没什么关系,
但是毕竟酱油是
加工食品，还是少吃点好!

心急的爸爸

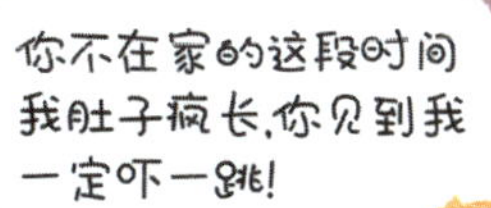

你不在家的这段时间
我肚子疯长，你见到我
一定吓一跳！

粑粑很快回来啦！

你回来有什么用啊，
又不能把大肚皮
安装在你身上！

粑粑可以在精神上
安慰麻麻啊，
有我在你可以撒娇啊！

粑粑你说我的可塑性
是不是挺强的，这么瘦
的人肚皮能撑这么大！

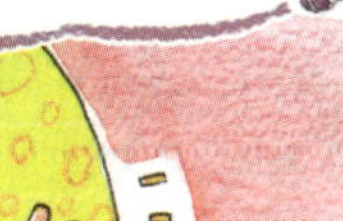

宝宝你知道吗？
你现在特别可爱。

等以后肚子小了，
我会不习惯的。

那不让朵朵
出来啦？

朵朵出来我们还要继续
造点点和逗逗啊！

啊，你真当我是猪吗？

辗转难眠

踢
踢
老婆你怎么睡不着啊，
很难受吗？
还不是你儿子
一直踢我……
老婆要不你把手电
放在被窝里吧……
有光他就不闹啦！
有你这样坑儿子的吗？
朵朵你爸爸太坏了！
我还不是心疼
我老婆！

剪脚指甲

自从朵妈肚子里有朵朵后脚丫子就归爸爸管了

吃瓜子长瓜子脸

老婆,咱们别吃那么多瓜子,会上火的!
嗄吧
嗄吧
不会的,我是为了朵朵才吃的!
你又拿朵朵说事,就是你爱吃!
吃瓜子多了,朵朵就会长瓜子脸。
遗传基因你不懂啊!!
吃瓜子只会有瓜子牙!!

坏坏粑粑

粑粑，你看xxx
又去xxx旅游啦。
等你生完我带你去！
以后多了一个拖油瓶，
去哪里都不方便。
我们不带他，把他
扔给爷爷奶奶！
朵朵你听见了吗？
你爸爸出去玩不带你！

二人世界

老公，咱们要珍惜仅有的二人世界，
以后再也没有机会这样看电影啦！
以后为什么不行啊？

以后家里不只是多个朵朵，还有照顾朵朵的
爷爷奶奶，月嫂阿姨什么什么的！
宝宝，
咱们私奔吧！

新关卡更难

离预产期还有一个月啦：

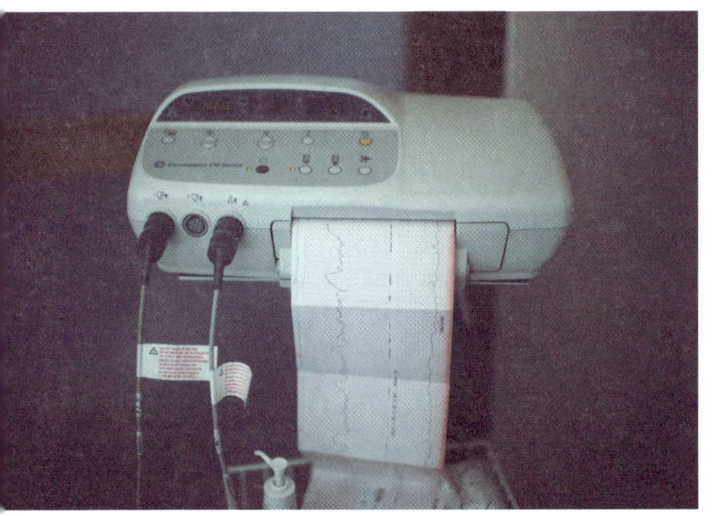

/// 托医院各种先进仪器的福，妈妈得到了科学的照顾。然而每次面对一堆看不懂的产检结果数据的时候，医生都会满脸笑意地对妈妈说，这些数据就是朵朵给妈妈发的密电码，告诉妈妈你在肚子里一切都好。

/// 产检就像是一场场考试，考生虽然是宝宝，但是也需要全家一起努力！爸爸妈妈为了能够考试合格，每天都对着化验单做功课，收获了很多，体验到了宝宝的成长。等你长大之后，妈妈都会讲给你听的。

/// 妈妈自从有了你之后，除了感受你的存在、与你互动以外，最大的乐趣就是——吃！想着我吃下去的每一口，都能为你输送营养，帮助你成长，我突然就觉得原来“吃”是这么幸福的一件事啊！

/// 等待朵朵的心情是彩色的，朵朵的小衣服是萌萌哒！爸爸妈妈曾无数遍在脑子里勾画出你穿着这些可爱衣服的样子，你胖胖的小手藏在袖子里跟我们捉迷藏，你白白嫩嫩的小脚丫顽皮地把花袜子蹬掉，每每想到这些，爸爸妈妈都能开怀大笑。

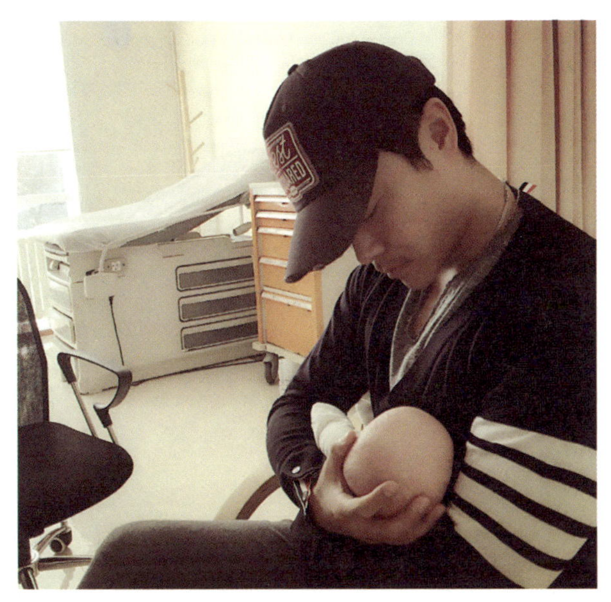

/// 为了迎接朵朵的到来，爸爸可是做足了准备工作呢。爸爸说，为了更好地呵护朵朵，所以一定要先做充分的练习。怎么样，朵朵，新手爸爸还合格吗？

chapter 5

你在我体内
我在你心中

爸爸的威严

半夜两点……
棍扫一大片！
哈！！！
嘿！！
豪气冲云天！！
朵朵你干吗呢？
快睡觉！！
哎呀！！
中华好功夫！！
朵朵你不乖就把你
提前剖出来啦！！
妈妈肚子里多舒服啊，
你别不知足！
呜呜……
瞬间安静
他真能听懂啊！
嗯，趁他安静了你快睡！

不只一个人跟我说孕晚期根本睡不好，基本都是坐着眯一会儿，好在这种情况在我身上没有发生。我也会问周围有经验的朋友，为什么胎儿到晚上就动得厉害，他们说是我只有晚上才关注他多一些吧，嘻嘻……

要不是亲身体验过，也许真的没办法相信孩子在肚子里是有思维的，朵爸这招儿包括后面的几天都有用，每次半夜踢我的时候孩子他爸都跟他讲道理，实在不行就吓唬他，哥们儿就能安静，让我一觉到天亮。李念问我，孕晚期了睡得好吗？我说我基本没事，她说是孩子太疼我了，其实我想说是孩子怕他爸爸，哈哈！

I'm ready!

咱们朵朵和西瓜
一样大小，足月啦！
足月的意思是
朵朵已经完全
发育好了吗？
对！朵朵已经做好随时来到
这个世界的准备了哦！
哇！！
你们呢？
我们也时刻准备着！！

勇士妈妈

今天是咱们做的最后
一次大抽血啦!
胜利在望啦!!
今天要抽六管血,
针头还比较粗哦!
这么多次都熬过来了,
我已经不怕啦! 随便抽! !
喜欢你就多抽点!!

我怕谁啊

别担心，我们这个课程就是要你们了解生产过程，消除紧张感啊!

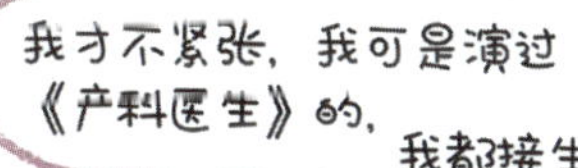

我都接生过，
我怕谁啊……

叫他“陈得顺”

一般产程是多久啊？

头胎时间会比较长，十几个小时甚至更长时间也都有可能。

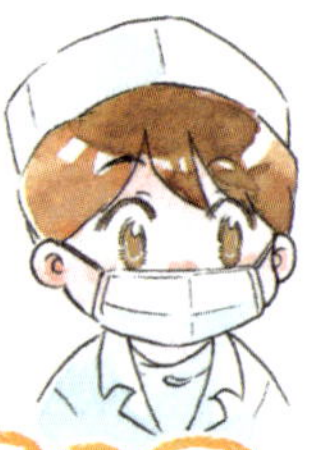

老婆，为了让朵朵快点出生，不折腾你，我准备叫他

可以再随意些吗？

特别庆幸几年前接到《产科医生》这部剧，让我对生孩子这件事有了很多了解，也让我认识了这些可爱的医生。还是那家医院、那个产床，我扮演的何医生给别人助产，这回轮到我躺上去自己来一遍，真的是好笑，不知道会不会笑场……

妈妈摔倒了

孕期摔跤是一件很可怕的事情，我们演电视剧的时候只要剧情希望胎儿有事，一定会用各种办法安排妈妈摔跤。好在朵妈和朵朵都皮实，滑了一下也没什么。孕期由于体重增加、身体重心改变等原因都增加了跌倒的风险。如果真的摔倒了，首先要自查，是否有出血、阴道流液、肚子痛等症状，如果有要立即平卧，并到最近的产科就诊。

整个孕期，孕妇的情绪会随着激素的变化而相应地起伏，很多准妈妈会不受控地变得脆弱敏感，动不动就想哭，此时家人应该多些包容，尤其是准爸爸，除了要主动包办家务和照顾老婆外，还应该为老婆营造轻松快乐的生活环境。当然准妈妈不能拿这个当借口，在家作威作福、乱发脾气哦，心情好才能美美的！

流血

老公，我出血了!
W.C.

啊！哪里出血？
呜呜呜……
爸爸你今天不是要最后一次精修电影吗？你别回来了，我自己去医院!

别废话了，这时候电影上不了都没事，等我!
你快给医生打电话，问问怎么回事，然后躺着别动，等着我马上回来带你去医院!

怕
怕

家人更重要

到了医院各种检查。
老婆，好在检查的结果没事！
对啊，吓死人了！
我刚才听到电话腿都软了，我就在想，此时此刻任何事都没有老婆孩子重要！
那电影呢？
拍电影的机会多着呢，陪伴家人更重要！

孕照

结婚和生孩子都是人生中具有唯一性的珍贵记忆，等若干年后和孩子一起分享这些照片多好玩啊，很多妈妈怕自己不好看或觉得不能化妆就放弃拍摄孕照，其实不用担心。拍照最佳时期是怀孕7个月到8个月，这时候肚子的形状比较好看，孕妈体力又比较充沛，因为期待孩子的出生，脸上的幸福感就是最美的妆容。拍照当天最好洗香香去，这样头发比较好做造型，一些尴尬部位，比如腋毛、腿毛也要处理一下哦。最好是挑选专业的影楼，当然如果条件不允许让准爸爸在家里拍也不错哦，两个人还能拍一些更亲密的照片。对啦对啦，既然是拍大肚子，那一定要拍一组露肚皮的照片，别忘了涂些橄榄油或婴儿油，这样有些反光效果会更好哦。

定格的瞬间

自作聪明的妈妈

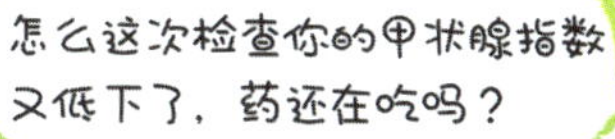
怎么这次检查你的甲状腺指数又低下了，药还在吃吗？

忘记吃了，我以为吃一点缓解了就不用吃了。

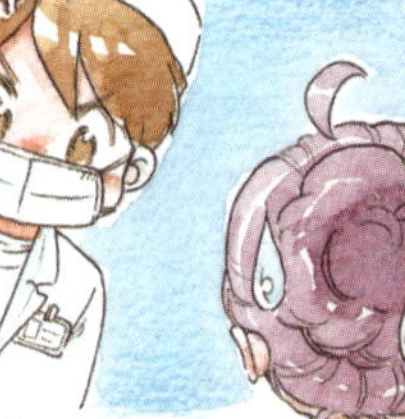
你这是自作聪明啊，你要不吃很可能伤害到孩子，这可不是开玩笑的。
老婆你让我说你什么好！！干吗不听医生的啊！！
我看做B超孩子比一般的孩子大，我就以为孩子吸收过好，就没吃了……

孕妇甲减不治疗将会严重影响胎儿的智力，增加流产早产及孩子有生理缺陷的概率！！

啊，这么严重！

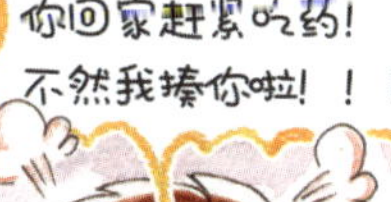
你回家赶紧吃药！不然我揍你啦！！！

我再也不要自作聪明啦……

就是这种感觉

老婆，朵朵在你肚子里什么感觉？
老婆你掐我干什么！
扯……
你不是问我什么感觉吗？就是这样啊，皮扯着疼！
你把嘴张开……
啊～
戳
戳
朵朵在里面踢就是这种感觉吧！
朵朵，你受委屈了，你妈妈给你的房子实在太小了。

有备无患

朵妈要生了

a few mins later

哈哈哈，肚子疼
的原因不是宝宝，
是便！便！

就怕万一

越是临近生产日期，心里越是十分没底，第一次觉得有件事是没办法自己控制和做主的，特别焦虑，就好比你知道中了千万的头奖，却没人告诉你领奖时间，等待是最消磨人的，家里五分钟没人心就怦怦怦狂跳，就怕突然启动时手忙脚乱，这种感觉实在是太不好了……

走、走、走……

来回转圈那不是变成拉磨的驴啦……

妈妈的辛苦

朵妈最好的姐妹生孩子啦！
恭喜你生了8斤的大儿子，真了不起！
我……我……
你怎么了，别吓唬我啊！
生孩子的时候太用力，现在我耻骨联合分离……
什么意思啊？
就是我儿子把我的胯撑散了，我现在要卧床三个月……

我来问问医生有什么解决办法!

专家来了
什么是耻骨联合分离？

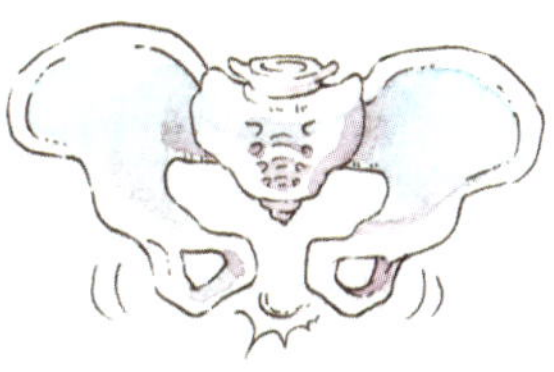

耻骨联合分离是指耻骨纤维软骨联合处，因外力而发生错移，表现为耻骨联合距离增宽或上下错位。出现耻骨联合处局部的疼痛和下肢抬举困难等功能障碍。由于妊娠期松弛素分泌增加，使耻骨联合处的韧带松弛，妊娠期和分娩期容易发生耻骨联合分离。

怎么预防？

1.如有条件，可于孕前进行一次专业的脊柱、骨盆检查，如有隐患，最好在孕前治愈。
2.孕前与孕期适当运动增加肌肉、韧带的应力。
3.补充钙质和维生素D，增强骨质。
4.控制胎儿不要过大，减轻对耻骨联合的压迫和分娩时对耻骨联合的损伤。
5.床垫软硬适中，以免造成骨盆倾斜，骨盆受力不对称。
6.孕期可使用骨盆矫正带，减轻胎儿对耻骨联合的压迫。

朵吒闹海

老公,我右边的肚子疼……
是不是吃多了?
可能是阑尾吧……
图上说你这不是阑尾啊!

你是不是岔气啦?
爸爸,你说是不是朵朵拽着我的肠子玩呢?
吃我一环!!

你的想象力别太丰富好吗?
朵朵在子宫里怎么抓肠子啊!

两耳不闻肚外事

每天都有很多人打电话……
你哪天生啊？
你什么时候生？
今天能生吗？
叮咚
能不能生啊今天……
生不生又不是我说了算……
朵朵你准备什么时候出生啊？
就不出来~

/// 准妈妈在怀着宝宝的时候，也需要进行一些运动的，除了可以达到控制体重的效果以外，更重要的是增强自身的身体素质，这样对妈妈也好，对宝宝也好哦，对生产时也会有帮助。不过要在专业的指导下进行锻炼哦。

/// 朵朵，自从知道你要来了，爸爸妈妈为准备了好多好多东西，小玩具由妈妈负责，大家伙就由爸爸来啦。不管工作多繁忙，但为你装玩具爸爸总是义不容辞，以后坐着这个小车一定要好好谢谢爸爸哦。

/// 当你还在妈妈肚子里的时候，妈妈总是特别好奇我们朵朵会长成什么样子呀，于是经常去翻看爸爸和妈妈小时候的照片，想着也许朵朵的眼睛像爸爸，鼻子像妈妈。然而让妈妈疑惑的是，如果朵朵有酒窝的话，这个酒窝是像爸爸的呢，还是像妈妈的呢？

/// 陪我散步，成了朵朵爸的第二职业。没想到，因为有了朵朵的出现，我俩又开始人约黄昏后。带着小家伙赴约，这谈恋爱的感觉还真是不同凡响呢。

chapter 6

谢谢你
来到我的生命中

尊重朵朵的选择

咱们让朵朵早点出来吧。

我觉得我们要尊重朵朵，让他选择！

可是他什么时候出来啊？！

好多礼物

朵妈陆续收到好多礼物……

我们的朵朵太幸福啦!
对啊，万事俱足就差朵朵啦!

这小子太会投胎了!
对啊，我们创造了这么好的条件，你出生后要好好学习，好好工作啊!

对啊，朵朵，下辈子我做你儿子吧……

羊宝宝还不来

你要多多走路啊，去跳舞也可以，实在不行去颠球……

为了朵朵，多运动

怎么办？!!
维修
哈哈，老天都让你多运动呢！
电梯坏了！！
No!!
什么意思？爬楼吗？
对啊，走吧！不然朵朵什么时候能出来啊？
我气喘……
别装了，你戏太差。
楼梯间
看出来了啊……

不行了……

10F

粑粑，要不然咱们找个好日子……
朵朵，你妈妈是个迷信的人，非要替你安排你的生日！

我着急啊！

老婆你沉住气啊，咱们多享受几天不被打扰的时光嘛！

还有十层！
走起！！

焦急的等待

粑粑，我这一会儿宫缩好几次啦!
是有规律的吗？
是啊，你看看表，5分钟一次呢!
那是不是要生啦？可是你肚子疼吗？
不疼啊!
三个指征：破水、见红、肚子痛，你都没有啊!
可是我一直在宫缩啊!

那再等等，
看看情况……
我太困了！
你困就说明没事啦，
这要疼起来还能睡着？！
嗯，要不你别睡了
帮我记录一下吧……
呼~~~
为什么是我……

朵朵来啦

朵朵，爸爸出门啦，
你自己乖乖陪妈妈玩哦。
爸爸再见！
10 mins later
妈妈！快来！！
怎么啦？
W.C.

见……见红了……
这是不是算见红了……
哎呀我们朵朵
终于忍不住啦！
抖
抖
粑粑
抖

快回来吧，
贝红啦！
啊，我这马上要开会了，
医生说见红不用急吧！
哇啊啊啊
哇哇！别哭啊！

朵妈妈加油

17分钟后
你哭什么啊？
我害怕，见红的血不是鲜红的，不知道是什么……
我回来了!!
你哭得我差点都撞车啦。
走吧，咱们去医院!
你去拿东西，我先洗澡!
家人们，你们随时待命，要是生了你们就赶紧去医院!
你们路上注意安全，朵妈加油别紧张!

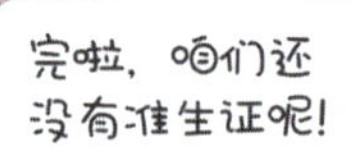

不是着急去医院吗？
完啦，咱们还没有准生证呢!

路过街道办事处去办一个吧，不急这一会儿!

那你刚催催催，我的会议……

开会重要还是朵朵重要!
我这不是赶回来了嘛……

必要准备

街道办事处

您好，小同志，一定要办这个才能生孩子吗？

我这里是准生证，你还要办一个《母子健康手册》呢！

啊，在哪里啊？

社区卫生站。

不办行吗？

朵妈提示：相关证件最好在怀孕初期建档的时候就完成，否则给自己和医院都会带来麻烦，千万别学朵朵妈的拖延症！

屡试不爽

终于办完了……
爸爸，我好饿……
到了医院，
我给你买吃的……
乖啊……
咕噜
陕西小吃
肉夹馍
我现在就想吃个
肉夹馍……
你是真淡定啊，
这时候吃什么肉夹馍啊？

我怕我今天不吃这
一口，就很久不能
吃了，是朵朵要吃！
又来这一套
……

不是一家人，不进一家门

吸溜
吸溜
啊呜
啊呜
看到没？我家这个大奇葩！
我这叫淡定！
也是，服务员，给我来个羊肉泡馍！
真是两口子！
是谁刚才哇哇大哭说害怕快生了来着？
吃饱了才有力气生孩子！

好事多磨

胎心监护中……
你虽然见红，但是宫缩还不明显。
那今天能生吗？
估计还要一两天，你们可以回家等宫缩，也可以留院观察！
啊，白激动了，我以为今天能见到朵朵呢……
好事多磨！
那咱们回家吧！
啊，白折腾啊，来都来了，住下吧！
我想吃烤鸭，咱们回家吧！
是朵朵要吃吧……

难熬的等待

爸爸，我什么时候来宫缩？
你问朵朵啊。
万一后半夜来了，咱们不知道呢？
医生不是说会很痛吗？
今天朵朵都没怎么动呢！
你别瞎琢磨了！
在医院的时候应该做个B超……
睡吧，有什么情况叫醒我。
明早一早咱们还是去医院等着吧，回家真不踏实。
睡吧宝宝

出发

第二天早上……

朵朵的选择

检查中……
脐带绕颈两圈……
那需要剖宫产吗？
只要你有勇气，这种情况是可以顺产。
我们做两手准备吧！
不行，万一受两次罪怎么办？听我的，剖！
择日不如撞日，这就是朵朵的选择！
他是心疼妈妈，宫缩都不让妈妈疼，还自己绕两圈，就是替我们做决定呢！
经过三个小时的讨论后决定：
既来之，则剖之！

如此之快

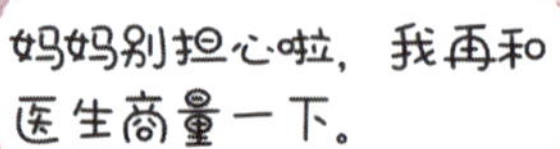

爸爸来“剪彩”

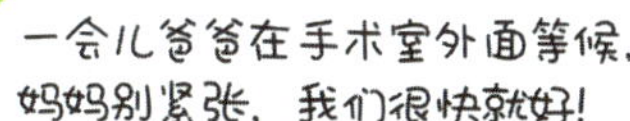

能不能让爸爸剪脐？

这个他能行吗？很多男士会晕血，他万一有事我们还要抢救他！

都说剪断了脐带胎儿就成为新生儿，朵爸爸等待这个剪彩已经等了十个月了！

好吧，那爸爸先去一边练习，
穿手术衣、戴手套吧，你跟我来。

老婆
加油!!

今天不是演戏

还记得我们吗？咱们一起拍过产科医生……

哇，今天
不是演戏啦！
嗯，今天我们给何晶大夫
手术哦，一会儿别紧张，
上床吧！

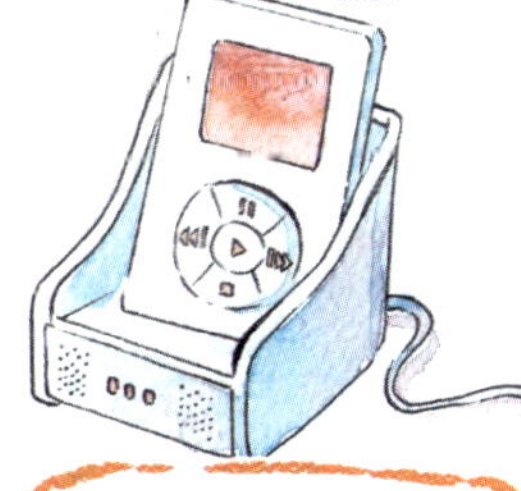
这就开始啦，我还没和
家人拥抱，加油呢！
你老公就在门口呢，
你喜欢什么音乐？
咱们轻松点吧！

说不上是害怕还是欣喜，从上了产床开始眼泪就一直流，怀孕40周的一幕幕在脑海中闪过，一份美好的期待在心里萌动，马上能见到我们的小朵朵了，他会是什么样子，会像妈妈多些还是像爸爸多些？

梨涡朵朵诞生

来啦!!
咔嚓!
哇~~!!!
哇!
哇!!
老婆，朵朵
有梨涡哎!

你看朵朵真白，
很漂亮！
小白，快给我们拍
第一张全家福！
好！看这里！
1，2，笑
咔嚓

爱的小天使

他怎么这么丑……
他一点都不丑，
哭都有梨涡的！
爸爸，我感觉在拍戏，
这个孩子好像道具组借来的……
这是我们爱的结晶。
他好小也好瘦……
给我一个月，我给你
一个十斤大胖小子！
都说奶水是妈妈的精血，
妈妈不能太辛苦了！

朵朵、
以后妈妈保护你。

不对，是我们爷俩
保护妈妈！

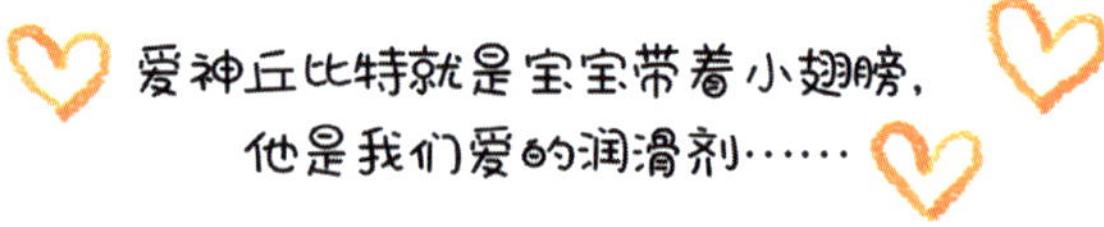

THE END

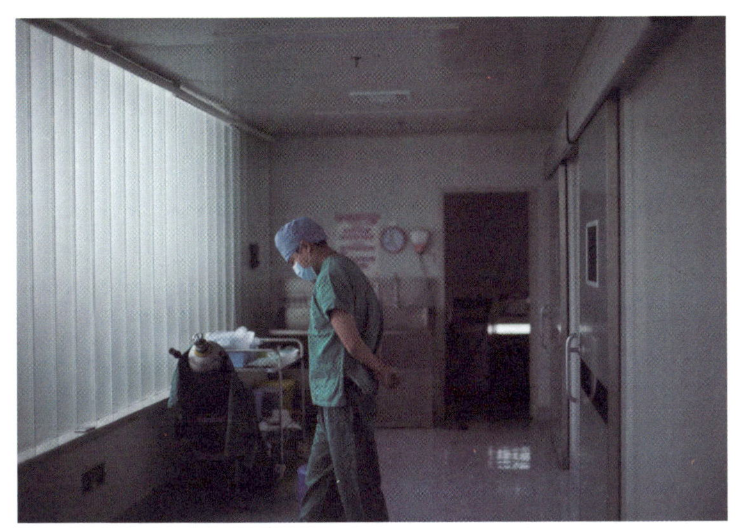

/// 本以为剧集里才会有的产房外丈夫焦急的踱步，在我们的故事里真实上演。朵爸，你这个恩爱秀得我给满分。

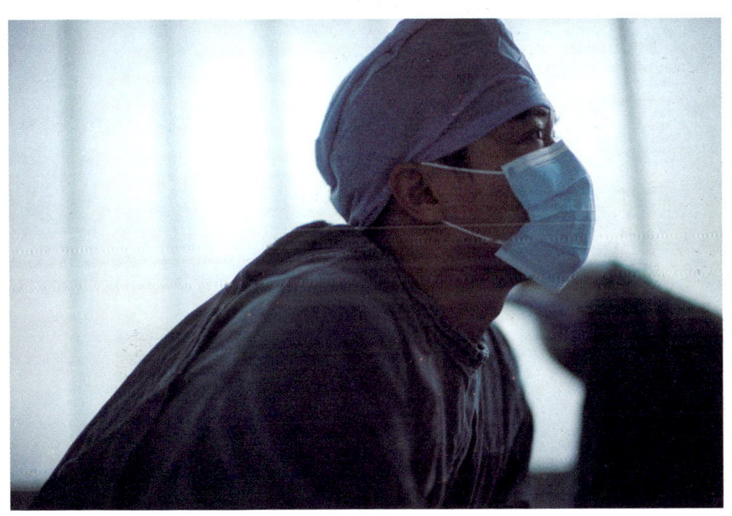

/// 朵爸，你专注的眼神，让我泪奔。这张照片在我的心里，叫“力量”。

/// 看到这一幕，仿佛听见了大家紧张的心跳声，这大概就是孕育中最紧张的时刻了吧。

/// 朵朵，这个人是姥姥哦。姥姥就是生下妈妈的人，她也是一位伟大的母亲。姥姥在很焦急地在等待你的出生，也很关心妈妈的情况，这是做母亲的天性，是家人的温暖。等你慢慢长大，慢慢体会我们对你的爱。

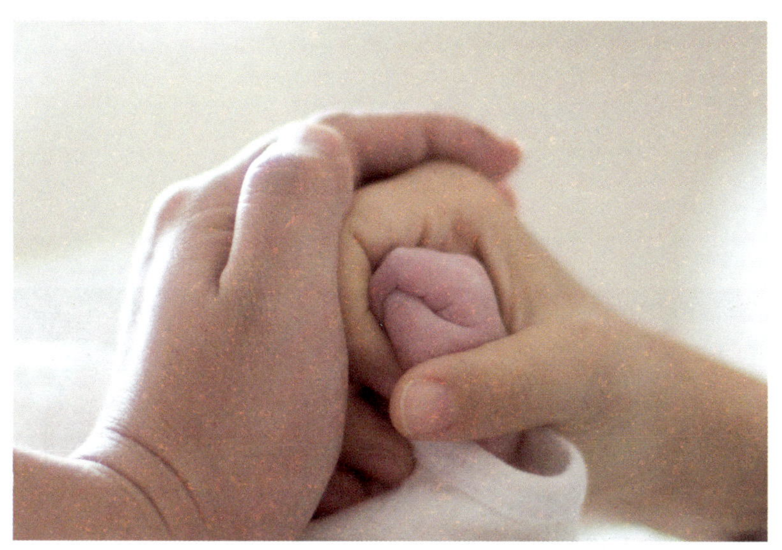

/// 梨涡小朵，这个世界欢迎你。

/// 梨涡小朵，欢迎你来到这个世界，欢迎你加入我们的生活，爸爸妈妈握着你的小手感觉心都要融化了。与你执手，伴你成长，爸爸妈妈永远爱你。

/// 小肥朵，这是你的第一个生日。当爸爸妈妈把你抱在怀里，感受到你的身体是那么小那么软，却又充满了生命力时，这种幸福感会让人落泪的。感谢你选择了我们做你的父母，我们爱你。

爸爸的后记

文/陈思诚

朵朵，你妈妈让我在书的结尾写一段话，尽管我真的不知道写些什么。但是每天看着你无以伦比可爱的、浑圆的、肉肉的脸，我只想说，你真的是天下排名第一的可爱的宝宝，是个降临在人间的天使！

可你知道吗，刚出生时你只有六斤二两，见到你第一眼时，我脱口而出的第一句话居然是——怎么这么瘦啊……真想让你看看现在的自己，肥嘟嘟的样子。

你知道这一切是从何而来吗？有时，影像或图片远比文字更有力量，就在我写这段文字时脑子里出现了一幅熟悉的画面，这应该是近两个月来对我影响最大意义最深的一幅画面——一个纤细瘦小的身影，灯光下靠在床边抱着你哺乳……没错，这两个月来，你唯一的食物就是它，来自我老婆身上的母乳。在很多人眼中，这是自然法则，没什么了不起的，但对于她这样一个在怀你前体重只有80斤，在生你后体重又骤减至90斤以下的人来说，我知道那意味着什么。常年劳累拍戏，超强度的通告工作，使她的身体一直不太好。我常说，要不是靠她乐天的精神、强大的意志，也许早就大病一场了。她毕竟是个演员，冒着身材走样的风险坚持用母乳喂养。有一天，她和我说，如果按你每天的食量计算，两个月你就已经喝了足有两大箱矿泉水那么多的乳汁了。她用开玩笑的语气说出来，我也回以玩笑，可你知道，当时爸爸的心里有多酸楚吗？我老婆实在太瘦弱了，那么多的乳汁难道不耗费她的气血吗？

母爱！

这是我这些天来唯一能想到的词。很想对所有准爸爸说一句，当然，现在各式各样的养胎育儿书籍比比皆是，这些经验就不和大家一一分享了，我只想说，请多多善待你身边的那个女人，因为她正在为你的下一代拼尽全力，尽量多些时间去陪陪她，这个生命中最重要最特殊的一段日子，你们应该一起去见证和分享，还有就是多些包容与爱，呵护她、守护她……

最后，朵朵，我想和你再说一句：等你长大，终于学会了看懂这篇文字时，爸爸想告诉你此刻我最真实的感受，怎么对爸爸不重要，但你，一定要记得，无论怎样都要好好爱你的妈妈……至少，不能比爸爸爱得少……

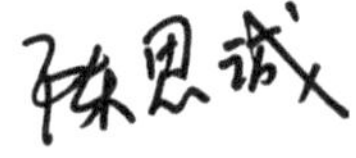

妈妈的后记

文/佟丽娅

到现在我还记得第一次见到朵朵的时候，医生指着屏幕上的小黑点说，这就是宝宝。第一次感觉到生命真的很神奇，开始盼望着随着时间一点一滴过去，可以早些见到朵朵。

虽然我和思诚也聊过好多次，我们的宝宝会是什么模样，长得像谁……可当朵朵真的来到我们面前时，我们发现一切想象都敌不过他皱皱小鼻子打个哈欠，或是眨眨眼睛冲我们一笑。朵朵就是这个世界上属于我们俩的唯一的朵朵，是我们眼中最可爱最珍贵的小家伙。

为人父母的喜悦，原来才是爱情带给我们的最美好的礼物。

能够一起孕育结合了我们两个人基因的孩子，才算是爱得轰轰烈烈吧。（偷笑脸）

所以，当朵朵沉睡在我肚皮里的时候，我就开始涂涂画画这本怀孕日记。一方面是医生要求时刻记录下身体的变化，方便他们掌握孕期状态；另一方面呢，是想着，要是哪天你跑过来问我他是怎么来的，我就可以潇洒地把这本小画书丢给他，让你看看自己到底是怎么从一颗爱的小细胞长成了现在的小肥朵，到那时，他肯定会觉得：“哇，我妈妈真是又漂亮又有才华！”

想着想着，我画得更起劲了，一有时间就笔耕不辍。这也要谢谢朵朵的配合哟，孕期里我几乎没有感觉到任何不适，连孕吐都不常有。直到有一天，思诚溜达进书房，发现我在涂涂画画，就好奇地凑过来，看了一会儿说："老婆，你画得好好玩、好有趣哟！但也……哈哈哈……好幼稚。"

幼稚？哪里幼稚？明明是又萌又闪烁着智慧和爱情，哦，对，还有母爱的光芒好吗？！我在心里挥起了小拳头，但思诚这么一说也提醒了我，我可以让柏言找画师教我呀。有了专业人士的襄助，我的创作也就更如虎添翼了。

怀孕期间，家人、好姐妹、好朋友都时常来看我，给我带好吃好喝好用的，也给肥朵预备了很多爱的小礼物。正好碰见我在创作的时候，我就会拉着他们先睹为快，看过的人都很喜欢，还建议我不如多印几本或者索性出书，把爱和幸福分享给更多的人。

我想了想，的确，从我和思诚的相识相知，到相恋成家，再到有了我们爱情的结晶——朵朵，一路上收获了很多爱和祝福，如果能用这本原来只想送给小肥朵的画本，把我们得到的爱和幸福分享出去，也挺好。

当我把这个想法告诉思诚，他也很开心地同意了，就提了一个小小的要求："老婆，要把人家画得和真实生活中一样帅哟。"

想到这本小画册会被更多人看到，我一下子就有了责任感，因为除了我们一家的甜蜜小故事，我还想让这本书多少产生点作用，比如告诉即将为人父母的朋友都要准备些什么，比如孕期怎么样既健康又美……而这些就不能只是我自己涂涂画画了，就需要请教专业的医护人员，所以我就开始各种"骚扰"医生们，问他们各种问题，还跟好姐妹们集思广益，抛出一个又一个小难题，在这里也要谢谢他们不厌其烦地贡献了非常专业科学的孕产知识。

等到朵朵呱呱坠地，所有的画稿也交由出版社编辑打样，在变身“奶牛”的日夜颠倒的日子里，时不时还要和出版社沟通细节，再看到那时候画的点滴细节，真心觉得怀孕并不辛苦，而是一件简单快乐的事情。孕育一个因爱而来的生命，同时沉浸在爱与呵护里，等到孩子出生，这份爱又将伴随他成长。

希望这份我们一家感受到的快乐和幸福，借着纸墨书香也能传递给正在看书的朋友，让大家的生活也处处有爱，心花朵朵开。

图书在版编目（CIP）数据

心花朵朵 / 佟丽娅著；张伊绘. -- 长沙：湖南文艺出版社，2016.5
ISBN 978-7-5404-7584-0

Ⅰ. ①心… Ⅱ. ①佟… ②张… Ⅲ. ①佟丽娅－生平事迹 Ⅳ. ① K825.78

中国版本图书馆 CIP 数据核字 (2016) 第 081926 号

上架建议：偶像明星 · 时尚读物

XINHUA DUODUO
心花朵朵

作　　者：佟丽娅
绘　　画：张　伊
出 版 人：刘清华
责任编辑：薛　健　刘诗哲
监　　制：赵　萌　刘　霁
特约策划：由　宾　董　鑫
营销编辑：李　素　杨　帆
装帧设计：张丽娜
出版发行：湖南文艺出版社
（长沙市雨花区东二环一段 508 号　邮编：410014）
网　　址：www.hnwy.net
印　　刷：北京尚唐印刷包装有限公司
经　　销：新华书店
开　　本：880mm × 1270mm 1/32
字　　数：128 千字
印　　张：8
版　　次：2016 年 5 月第 1 版
印　　次：2016 年 5 月第 1 次印刷
书　　号：ISBN 978-7-5404-7584-0
定　　价：39.80 元

质量监督电话：010-59096394
团 购 电 话：010-59320018

目录

备孕篇

孕前营养的特点

1. 食物多样，谷类为主，粗细搭配。

2. 多吃蔬菜、水果和薯类。

3. 保证每天有肉蛋禽、牛奶、豆制品，均衡营养。

4. 减少烹调油用量，膳食清淡少盐。

5. 保持清洁卫生，预防感染，避免接触农药、激素、毒物残留。

6. 进食富含叶酸、铁剂、碘的食物。

7. 戒烟、戒酒、戒毒。

孕前为什么要补叶酸

1. 叶酸可以预防胎儿神经管畸形，也有利于降低妊娠期高血压、贫血发生的风险。

2. 虽然动物肝脏、动物肾脏、深绿色蔬菜、水果和豆类中都含有丰富的叶酸，但叶酸遇光遇热就不稳定，容易失去活性，所以人体真正能从食物中获得的叶酸并不多。如：蔬菜贮藏 2~3 天后叶酸损失 50%~70%，煲汤会使食物中的叶酸

损失 50~95%。盐水浸泡过的蔬菜，所含的叶酸也会有很大的损失。相比食物中的叶酸，叶酸补充剂能更好地被机体吸收利用。

3. 妇女在服用叶酸 4 周以后，体内叶酸缺乏的状态才能得到明显改善。

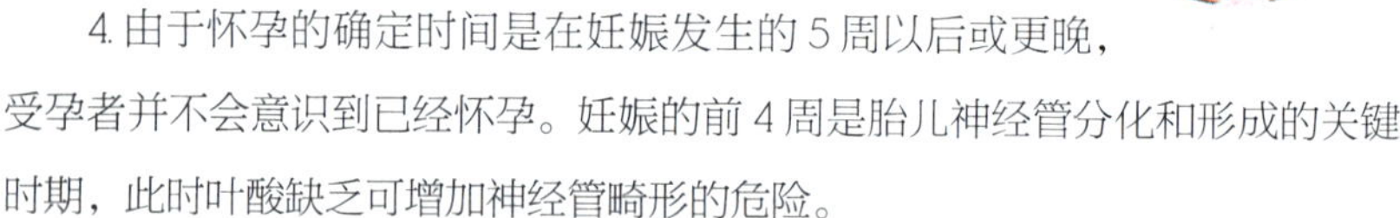

4. 由于怀孕的确定时间是在妊娠发生的 5 周以后或更晚，受孕者并不会意识到已经怀孕。妊娠的前 4 周是胎儿神经管分化和形成的关键时期，此时叶酸缺乏可增加神经管畸形的危险。

所以建议孕前 3 个月开始每天补充叶酸 0.4mg~0.8mg，或含叶酸的复合维生素并持续到孩子出生。以前发生过神经管畸形的孕妇则需从孕前 3~6 个月开始，每天补充叶酸 4mg。

● 孕前戒烟、戒酒

1. 吸烟会严重地影响精子的活力，使畸形精子增多。男性每天吸烟 30 支以上者，精子存活率仅为 49%，妻子受孕可能性减少一半。畸形精子的比例超过 20%，且吸烟时间愈长，畸形精子愈多。每日吸烟 10 支以上者，其子女先天性

畸形率增加 2.1%。停止吸烟半年后，精子方可恢复正常。

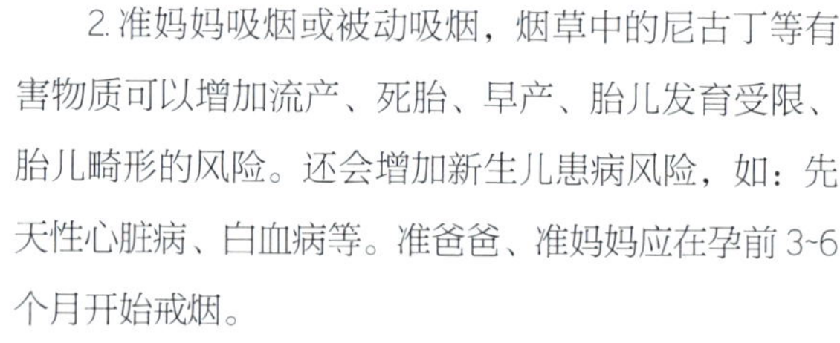

2. 准妈妈吸烟或被动吸烟，烟草中的尼古丁等有害物质可以增加流产、死胎、早产、胎儿发育受限、胎儿畸形的风险。还会增加新生儿患病风险，如：先天性心脏病、白血病等。准爸爸、准妈妈应在孕前 3~6 个月开始戒烟。

3. 准爸爸、准妈妈经常饮酒会产生畸形的精子和卵子，导致胎儿畸形。另外酒精还会导致流产、胎儿神经系统功能障碍及发育障碍。“酒精儿”智力、身

体发育都不正常。准爸爸、准妈妈应在孕前3~6个月开始戒酒。

“创造生命”是伟大的工程，因此生活环境不可小觑

1. 戒烟、戒酒。避免“二手烟”“三手烟”。

2. 远离化学物质的伤害，不烫发、不染发、少用化妆品。

3. 避免服用影响精子卵子质量的药物，如：激素、安眠药等。

4. 远离放射线、农药、铅、汞、砷等有毒有害物质。

5. 避免压力过大、过度劳累的工作。

6. 尽量不去人员密集的场所，避免呼吸道感染。

7. 避开噪音强烈、温度过高或过低的环境。

8. 注意开窗通风，经常打扫卫生，保持环境整洁。

科学对待宠物

弓形体感染会造成胎儿畸形。但家里有宠物的准妈妈不用过分担忧，首先要带家里的宠物去化验，看其是否感染弓形虫，同时自己也要去医院接受化验。不要饲喂生肉给家里的宠物，请给它们吃宠物专用的食品；习惯散养的宠物，需要避免它们去野外捕食；定期为宠物做好疫苗注射、体内外驱虫的工作。准妈妈可以远离猫狗的便盆，铲屎铲尿的工作就交给家里的其他人去做。亲密接触过宠物后，需要洗手清洁。除此之外，准妈妈、准爸爸也要注意不要食用未煮熟的肉类，未经消毒的奶制品以及没有清洗干净的蔬果。

有研究表明，家庭中饲养宠物不仅可以舒缓准妈妈的心情，还可以提高胎儿的免疫力，降低新生儿过敏的概率。请准妈妈、准爸爸科学对待宠物，不要随意遗弃，减少流浪猫狗的悲剧。

● 孕前注意体重要控制在理想范围

如果体重在正常标准范围内，受孕概率就会更高些。体重指数（BMI）低于18.5或高于30的女性相对来说不容易受孕。另外，体重指数过低的孕妇怀孕后胎儿容易发生发育迟缓、早产、流产等。超重肥胖的孕妇孕期容易合并妊娠期糖尿病、妊娠期高血压、产生巨大儿等。

● 孕前体重控制在多少为正常?

1. 体重指数 = 体重(kg)/ 身高（cm）^{2}。体重指数18.5~23.9之间为正常。小于18.5为偏瘦，24~27.9为超重，大于28时为肥胖。

2. 标准体重（kg）= 身高（cm）－ 105，与孕前体重数值相比加减10%都在正常范围。

● 孕前注意适当运动好处多

1. 增强体质、增加免疫力，减少孕期疾病。
2. 锻炼身体的骨骼和肌肉，为分娩做准备。
3. 锻炼心肺功能，促进新陈代谢；促进胃肠蠕动，改善便秘。
4. 改善睡眠，保持良好的精神状态。
5. 保持正常的体重，有利于怀孕及产后康复。
6. 释放压力、增加自信、愉悦心情，有助于受孕。
7. 备孕夫妇共同运动，不仅有助于增进夫妻感情，还有利于孕育新生命。

● 准妈妈孕前常规检查项目

1. 身高、体重，心肺、甲状腺、乳腺、腹部的体格检查。
2. 血常规和血型。
3. 尿常规。

4. 肝肾功能、血糖、血脂、甲状腺功能。

5. 肝炎、梅毒、艾滋病的血清学检测。

6.TORCH 检查：巨细胞病毒、单纯疱疹病毒、风疹病毒、弓形体等病原微生物检查。

7. 心电图，必要时检查超声心动图。

8. 口腔检查，防止妊娠期牙周炎、牙龈炎。

9. 妇科内分泌检查：性激素 6 项，针对月经不调的准妈妈。

10. 妇科检查：生殖道分泌物检查，排除生殖道感染（细菌、滴虫、霉菌、衣原体、淋球菌）。宫颈防癌检查：TCT、HPV。子宫、卵巢、输卵管有无炎症、肿瘤等。

11. B 超：子宫、卵巢、输卵管、乳腺。

● 准爸爸孕前常规检查项目

血常规、尿常规，肝肾功能，乙肝、丙肝、梅毒、艾滋病的血清学检查。必要时精液检查。

● 注射疫苗

1. 乙肝

乙肝疫苗是按 0、1、6 个月的程序注射，要保证怀孕时体内的乙肝疫苗已经产生抗体，需要在怀孕前 10 个月注射。

2. 风疹病毒的感染是导致先天性心脏病的主要因素。如果孕期感染风疹病毒，很可能导致胎儿畸形。风疹疫苗至少应该在孕前 3 个月注射，这样才能保证怀孕的时候，体内风疹病毒完全消失。

注射疫苗前需要做乙肝和风疹病毒血清学标志物的测定。根据检查结果决定是否需要注射疫苗。注射后也要跟踪化验，检查体内是否产生了抗体，待体

内抗体产生后再怀孕。

● 停用避孕药及取出避孕环后多长时间才能怀孕?

1. 口服避孕药是激素类药物，停用后的第一个月的月经周期，就能恢复排卵功能。但需要半年时间才能在体内完全代谢。慎重起见，最好在计划怀孕前6个月停服口服避孕药。

2. 节育环作为异物置于宫腔内，会对子宫内膜产生一定的损害和影响，对于带节育环避孕的准妈妈，取出宫内节育器后月经正常2~3次再考虑怀孕。如已经带环妊娠也不用紧张，可以继续妊娠不必终止。

3. 输卵管复通术：术后进行输卵管通液术，避免粘连，尽快妊娠。

● 流产后多长时间才能再怀孕?

无论是药物流产还是人工流产都会对子宫内膜造成创伤，流产1个月后方可同房，应严格避孕。以免在子宫内膜受损的情况下接连怀孕，发生前置胎盘、胎盘粘连、胎盘植入等严重并发症，危及妈妈和宝宝的生命。如果短时间多次人流可能导致感染、不孕、宫腔粘连、月经不调等问题。通常情况下，人流后6个月可以再次妊娠。

● 准妈妈患有慢性疾病怎么办?

准妈妈如果患有慢性疾病，应在准备怀孕时咨询产科和相关专科的专家，了解可不可以妊娠。如果是不可以妊娠的疾病，千万要做好避孕，不可以自行停药或强行怀孕，否则会有生命危险。如果治疗后可以怀孕，也一定要将病情控制平稳后半年，专家评估后才可以怀孕。有些治疗药物孕期是可以使用的，不要擅自停药。一定要有有经验的专家保驾护航才能安全、顺利地产下一个健

康的宝宝。

备孕时准爸爸的任务

1. 与准妈妈共同制订备孕计划，包括孕期知识准备、身体准备、心理准备、经济准备。

2. 有吸烟、饮酒习惯的准爸爸要提前 3~6 个月戒烟、戒酒。

3. 与准妈妈一起去一家靠谱的医疗机构做一次全面体检和咨询。

4. 与准妈妈一起去听备孕的相关课程。

5. 准爸爸也要均衡饮食，多食贝类、红色肉类等富含锌的食物，增加精子活力，改善精子质量。

6. 与准妈妈共同锻炼，增强体质，减轻压力，促进夫妻感情，保持愉悦的心情，让身心达到一个最佳状态。

7. 给予准妈妈更多的关爱和照顾，安慰和缓解她的紧张情绪。为准妈妈营造一个整洁、温馨的环境。使准妈妈心情舒畅，更有利于和谐的夫妻生活，顺利受孕。

早孕篇

● 妊娠从什么时候算起?

妊娠全过程是从末次月经的第一天开始算起，不是受孕的那一天，共280天。即40周。也就是我们说的“怀胎十月”。但产科月是4周，分为3个时期，第13周末之前为早孕期，第14~27周末为中孕期，28周以上为晚孕期。

● 如何确定妊娠?

1.平素月经规律，如果“大姨妈”没有如期来临，要想到有怀宝宝的可能。

2.在停经6周左右或更早，可能出现慵懒、困倦、乏力、头晕、恶心、呕吐等早孕反应。不要误以为是感冒，轻易用药哦。

3.停经后可用“验孕棒”检测尿液，阳性提示怀孕。

4.可以去医院化验血HCG，即所谓的人绒毛膜促性腺激素。

5.B超：超声检查不仅可以看到孕囊，确定怀孕，了解胚胎是否正常，同时可以排除宫外孕和葡萄胎。

● 何谓“宫外孕”?

正常情况下受精卵应着床于子宫腔内，如果受精卵很调皮，流连、种植于子宫腔以外的其他部位，则称为异位妊娠，习惯上称为“宫外孕”。宫外孕中

最常见的是输卵管妊娠，如果不及时就诊，发生宫外孕破裂或流产，可能引起腹腔内大出血，真的会要命的。

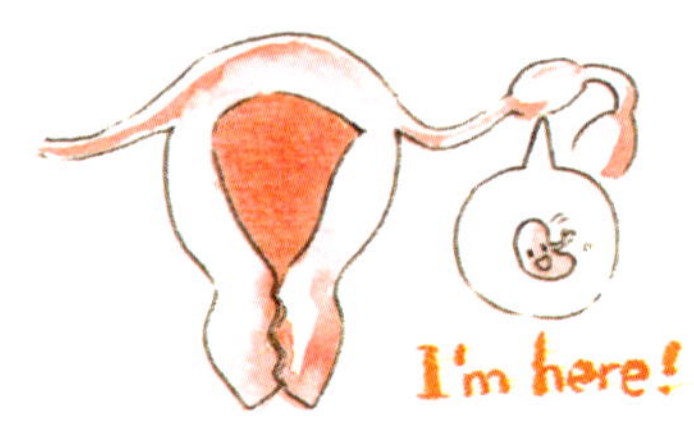

● 怎样计算预产期?

月经规律的孕妇，从末次月经第一天开始算起，月份减 3 或加 9，日数加 7。如末次月经第一天是 5 月 6 日，预产期是次年的 2 月 13 日。

月经不规律或忘记末次月经的孕妇，可以请医生从出现早孕反应的时间、验尿阳性的时间、早期 B 超等推算预产期。

预产期只是对生产日期的大约估算，在 37 周到 42 周之间分娩都是正常的。不必过于纠结。

● 妊娠呕吐是怎么回事?

妊娠呕吐不是每个孕妇都会发生，与个人体质有关，确切病因不清。临床观察与下列现象有关：

1. 与妊娠时血 HCG（人绒毛膜促性腺激素）升高有关，妊吐随着血 HCG 的升高出现，12 周后随着血 HCG 的下降而消退。

2. 与雌激素水平升高有关。

3. 精神过度紧张、焦虑、忧虑、生活环境差和经济状况差的孕妇更容易发生妊娠呕吐。

4. 感染幽门螺旋杆菌的孕妇更容易发生妊娠呕吐。

● 给妊娠呕吐的孕妈妈的建议

1. 服用孕妇专用的复合维生素可以减轻孕吐。

2. 进食清淡、顺口、易消化的食物。

3. 保持居住环境的清洁、明亮，心情舒畅。

4. 对于情绪不稳定、焦虑的孕妇，家人要多多给予关爱，帮助她缓解紧张情绪，减轻压力，解除顾虑。

5. 如果没有流产征象，可以适当进行户外活动、听听音乐、看看电影，放松心情，转移一下注意力。

6. 如果呕吐频繁，不能进食，或呕吐物中有胆汁或呈现咖啡样，务必及时去看医生。必要时住院治疗。

● 孕早期服药怎么办？

孕早期服药一定要注意服药的时间和药物的名称。受精后的 17 天以内，也就是停经 31 天左右，受精卵处于受精、输卵管内移行、着床、囊胚形成的过程，这个阶段药物对胚胎的影响是“全”或“无”，也就是说胚胎要么发生流产，要么正常发育。在 6 周左右做 B 超，如果胎儿正常，可以继续妊娠。在受精后 17 天到 56 天时，也就是停经 31 到 70 天左右，这个阶段是胚胎向各个系统分化的阶段，是致畸因素最敏感的时期，在这个阶段服用药物最容易出现畸形。但要看服用的是什么药。A 类药是对胎儿没有不良影响的药物，B 类及 C 类孕期可以酌情使用，但要向医生详细咨询。有些孕妇即便什么药也没有服过依然会发生胎儿畸形，所以医生经常并不能给你一个确定的回答，关键还是要避免吃药哦。

● 孕早期的症状有哪些?

1. “大姨妈”没有准时报到。

2. 早孕反应：伴随着月经延期，出现慵懒、困倦、乏力、头晕、恶心、晨起呕吐、厌恶油腻、喜欢酸辣食物等症状。

3. 尿频，这是增大的子宫压迫膀胱所致。

4. 乳房胀痛，乳房体积增大，皮肤表面有明显的静脉显露。乳头、乳晕颜色加深。不必紧张，这是为分娩后喂哺宝宝做准备。

5. 子宫增大。孕 12 周以后就可以在耻骨联合上摸到增大的子宫。

● 什么是着床?

着床是指受精卵种植于子宫内膜并被子宫内膜覆盖的过程。类似种子种植于土地的过程。

● 整个孕期需做几次产检？是否必须做这些检查？为什么？

根据我国孕期保健指南，孕妈妈整个孕期至少应该做 7 次产检。检查孕周及主要项目如下：

1. 妊娠 6~13 周：

①B 超：6 周左右确定宫内妊娠，排除宫外孕和葡萄胎。11~13+6 周时测 NT 值。

②各项化验：

血细胞分析：了解有无贫血，血小板、白细胞是否正常。

空腹血糖，必要时查糖化血红蛋白，了解有无妊娠合并糖尿病。

甲功筛查：了解有无甲状腺功能异常，甲状腺功能减退可能影响胎儿神经系统的发育，出现智力障碍。

感染系列：甲肝、乙肝、丙肝、梅毒、艾滋病抗体检测。如有异常，孕期要给予必要的治疗，否则不仅会影响孕妈妈的健康，而且会发生母婴传播，影响胎儿的发育。

TCT（液基细胞学检测）：筛查宫颈癌。

2. 妊娠 16~20 周：

唐氏筛查：筛查 21- 三体儿（先天愚型）、18- 三体儿、神经管畸形。

无创 DNA：筛查 21- 三体儿（先天愚型）、18- 三体儿、13- 三体儿。

3. 妊娠 20~24 周：

B 超：系统超声筛查畸形。

4. 妊娠 24~28 周：

OGTT（口服糖耐量试验）：24 周以后由于胎盘产生的胎盘泌乳素、雌激素、孕激素增加，这些激素都有胰岛素对抗作用，胰岛需要分泌更多的胰岛素才可以对抗这些激素。胰岛负担加重。如果胰岛的储备功能不足则会出现糖代谢异常，即妊娠期糖尿病。

B 超：二次排畸检查。

5. 妊娠 28~32 周：

血细胞分析：妊娠晚期，贫血的发生概率增加。了解有无贫血。指导铁剂的补充。

总胆汁酸：筛查妊娠期肝内胆汁淤积症。特别是发病率高的地区。

B 超：了解胎儿的生长发育情况。如果有胎儿发育过大或过小，尽早给予纠正。

6. 妊娠 33~36 周：

B 族链球菌：B 族链球菌感染会引起胎儿严重的感染甚至发生新生儿死亡。如阳性分娩时可以用青霉素或头孢预防新生儿感染。

7. 妊娠 37~41 周：预测分娩方式。

胎心监护：了解胎儿的宫内状况、胎盘功能。妊娠末期应每周一次。

B 超：估计胎儿大小。了解羊水多少、胎盘功能、脐血流比值等。

如果孕妈妈为高龄或有合并症、并发症，应根据情况增加产检次数。

● 首次产检孕妈妈需做哪些准备?

1. 首先孕妈妈一定要将首次产检安排在早孕期间。这样对一些隐患可以做到早发现、早处理，以免酿成不良后果。

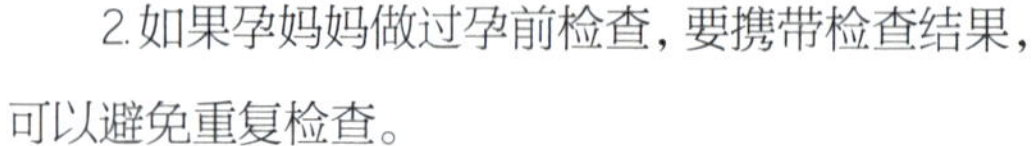

2. 如果孕妈妈做过孕前检查，要携带检查结果，可以避免重复检查。

3. 首次检查有很多化验项目，孕妈妈最好是上午空腹来院。同时如果医院不提供早餐，可以带早餐来，抽完血就可以尽快进餐了。孕妇不能饿太长时间，否则会低血糖，甚至低血糖晕厥。

4. 首次产检会做妇科检查，要放松心情，不要紧张。

5. 检查项目多，时间长，最好有家人陪同。

● 孕早期注意事项

1. 均衡营养，选择清淡易消化的食物。

2. 继续服用叶酸或含有叶酸的复合维生素。

3. 早孕阶段胎儿不需要增加太多的营养。孕妈妈正常体重增加只有 0.5~2kg。千万不要吃太多。

4. 远离药物、辐射、二手烟等有毒有害物质。

5. 远离人员密集、嘈杂、高热的环境，避免感染传染病、发热。同时也要避免高热、嘈杂声音对宝宝发育的影响。

6. 规律作息，避免晚睡，延长睡眠时间，保证足够的休息。

7. 避免过度劳累、搬运重物，以免造成流产。

8. 运动要适度。过于剧烈的运动可能造成流产，但运动过少不利于减轻早孕反应。

9. 性生活要注意节制，特别是有流产史的孕妈妈。

孕早期宝宝的成长情况

1. 第 5 周时，宝宝是长度约为 2mm 的胎芽。

2. 第 8 周时已经长到约为 20mm 像小蝌蚪一样的胎儿了。头尾可辨，初具人形。大脑开始发育，心脏开始跳动，肺、肾、肝脏和胃肠道也在发育。有部分血管弯曲缠绕成一条绳状物，叫脐带。这是宝宝的生命线，将自己与妈妈连接在一起。

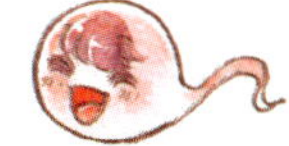

3. 12 周时，宝宝的身长已经达到约 9cm，体重约 14 克。小尾巴几乎完全消失，更像一个胎儿了。脑、肺、肾、肝脏和胃肠道等主要器官已经形成并投入工作。眼、耳、鼻、口等已发育得可以辨认。外生殖器已经发育并逐步呈现性别特征。手指、脚趾已经分开。四肢可以活动了。

怎么建大卡?

一般从妊娠 3 个月左右在医院首次产检时开始建卡，各地情况略有不同。

1. 首先要选择准备分娩的医院。

2. 妊娠 12 周左右的孕妈妈就可以建卡了。

3. 建卡当日需空腹去医院进行首次产检。

4. 建卡时需带夫妻双方的身份证、户口簿。准确填写围产期保健卡的姓名、

身份证号。

5. 医生填写夫妻双方的家族史、病史，以及本次检查化验的相关信息。

6. 保留此卡到出生证办理完毕和婴儿保健结束。

● 妊娠期甲状腺功能

妊娠期合并甲状腺疾病最常见的是甲状腺功能亢进和甲状腺功能减退。甲状腺功能亢进需要在孕前治疗，待病情平稳后才可以考虑妊娠。否则容易发生心功能衰竭，严重时可能发生甲亢危象危及生命。妊娠合并甲状腺功能减退更为常见，但妊娠合并甲减可能出现流产、胚胎停育、新生儿智力低下、呆小症等不良结果。另外甲状腺功能异常的孕妈妈还容易合并妊娠期高血压和妊娠期糖尿病。妊娠期甲状腺功能与非孕期标准不同。孕期 TSH（促甲状腺激素）正常值分别为：早孕期：0.1~2.5mIU/L；中孕期：0.2~3.0mIU/L；晚孕期：0.3~3.0mIU/L。如果高于这个范围则考虑甲状腺功能减退。需要口服优甲乐治疗，将 TSH 值控制在上述范围。避免甲减影响胎儿的智力发育。

● 孕早期发育特点

1. 胚胎生长发育速度缓慢，增重 1 克 / 天。

2. 所需营养与孕前大致相同。

3. 胎儿分化、发育阶段最重要的时期是 3~9 周。

4. 缺乏或过量营养素，可能引起胚胎发育障碍和畸形，严重时发生流产、胚胎停育。

● 孕早期饮食特点

1. 清淡、适口。

2. 少食多餐。

3. 不需要增加太多的营养。

4. 多摄入富含叶酸的食物，并补充叶酸或孕妇专用的含有叶酸的复合维生素。

5. 戒烟、戒酒。

● 孕早期怎么做一个贴心的准爸爸？

1. 准爸爸应和孕妈妈多聊天，陪她晒太阳、散步、听音乐、看电影，缓解她初为人母的紧张情绪，减轻早孕反应。准爸爸具有不可替代的作用。

2. 准爸爸应帮身受早孕反应之苦的孕妈妈准备一些清淡、适口的食物，这可是爱心餐哦。

3. 准爸爸还可以充当按摩师帮孕妈妈按摩内关穴，使其或放松全身。

4. 孕妈妈的情绪与胎儿发育息息相关，孕期激素水平的变化和身体的不适以及对未来的担心都可以引起孕妈妈情绪的不稳定和焦虑。准爸爸要理解和关注这些情绪变化，心甘情愿地做孕妈妈的“撒气筒”和“消防员”。

5. 陪孕妈妈一起参加孕妇学校。这种陪伴不仅可以增进夫妻感情，还可以共同学习孕期保健知识。对于顺利度过孕期，增强将来自然分娩和母乳喂养的信心是非常必要的。

孕中篇

● 如何看报告单?

1.血常规

①白细胞：正常范围（3.5~10）$\times 10^3$/L。白细胞是抵御感染的战士，特别是细菌感染时，白细胞总数和中性粒细胞都会增加。但孕期白细胞计数可以轻度增加，一般是 5~12 $\times 10^3$/L，有时 15 $\times 10^3$/L 以上。临产及产褥期增加则更加明显，一般为 14~16 $\times 10^3$/L。主要为中性粒细胞增加。

②血红蛋白：妊娠期血液稀释，红细胞计数及血红蛋白量要低于非孕妇。血红蛋白用来判断孕妈妈是否存在贫血。

正常：红细胞计数 3.5~5.0 $\times 10^{12}$/L，血红蛋白 110~150g/L

妊娠期贫血：红细胞计数＜ 3.3 $\times 10^{12}$/L，血红蛋白＜ 110g/L

轻度贫血：血红蛋白 60~110g/L

重度贫血：血红蛋白≤ 60g/L

③血小板：血小板在止血过程中起重要作用。

正常：100×10^9/L

血小板减少：＜ 100×10^9/L。可能造成孕妈妈凝血功能障碍，出现分娩期大出血。

重度血小板减少：＜ 50×10^9/L。分娩前需输注血小板，如伴有出血倾向需剖宫产分娩。

④红细胞平均体积：＜ 80fl，可能患有缺铁性贫血或地中海贫血。缺铁性贫血是妊娠期贫血中最常见的类型，可以在医生的指导下补充铁剂。地中海贫血是一种遗传性疾病，需进一步检查。

2. 尿常规

①尿白细胞：正常情况下尿液中没有白细胞，如果有尿道炎、膀胱炎、肾盂肾炎时，尿液中会出现白细胞。但如果送检的尿液中混有阴道分泌物时，也会出现白细胞。

②尿红细胞：正常尿液中也没有红细胞，如果有尿道炎、膀胱炎、肾盂肾炎、肾炎、输尿管结石时，尿液中会出现红细胞。但如果送检的尿液中混有阴道出血时，也会出现红细胞。

③尿糖：正常为阴性。孕妈妈出现尿糖阳性，不用紧张，不能说明她是妊娠期糖尿病，妊娠期糖尿病的诊断要以血糖为准，但能反应她的肾脏吸收葡萄糖的能力和糖尿病患者血糖的控制水平。

④尿蛋白：正常为阴性。如出现阳性时要警惕妊娠期高血压疾病和肾脏疾病。

⑤尿酮体：正常为阴性。但在孕妈妈有早孕反应、饥饿、糖尿病控制

不好时出现阳性。

⑥尿胆红素：正常情况下，尿中没有胆红素。出现胆红素阳性，常见于急性黄疸性肝炎、阻塞性黄疸。

● 什么是唐氏筛查？对准确率怎么看？

唐氏筛查是一种通过抽取孕妈妈静脉血来检测孕妈妈血中甲型胎儿蛋白（AFP）、人绒毛膜促性腺激素（HCG）和游离雌三醇（u-E3）的浓度，并结合孕妇的预产期、体重、年龄和采血的孕周等，计算出分娩先天性缺陷胎儿的一个风险值。当风险值低于 1/270（各实验室的风险切割值不同），称为低风险。大于 1/270 为高风险。根据检查时间分为早期唐筛（9~13+6 周）和中期唐筛（14~21+6 周），目前临床上多用中期唐筛。在妊娠 15~20 周为唐筛的最佳时间。

唐氏筛查主要是针对唐氏综合征（21- 三体）、18 三体综合征和先天性神经管畸形的筛查。唐氏筛查可以筛查出 60%~70% 的唐氏综合症患儿和 85~90% 的神经管缺陷患儿。它的结果不能代表诊断，只能帮助判断胎儿患上述畸形的可能性的大小。如果是高风险，说明患上述畸形的可能性比较大，需要做羊水穿刺或无创 DNA 进一步明确诊断。如果是低风险，表明胎儿畸形的可能性小，但仍有很小很小胎儿畸形的概率。如果神经管畸形高风险可以做 B 超确定诊断。

● 什么是羊水穿刺？

羊膜腔穿刺术简称羊水穿刺。一般在 16~21 周进行，是对一些可能分娩染色体异常胎儿的高危孕妈妈所做的一项诊断措施，也是诊断胎儿染色体畸形最准确的方法。

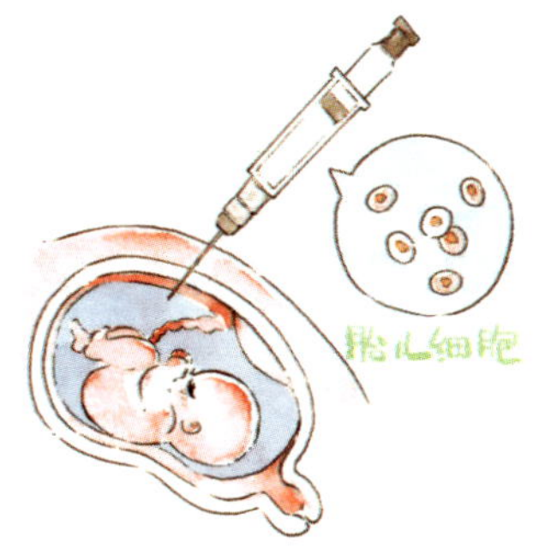

目前羊水穿刺是在 B 超引导下，将一根细长

针穿过腹壁、子宫壁，进入羊膜腔抽取羊水，得到胎儿细胞。对胎儿染色体进行核型分析的方法。因为有B超引导，损伤到宝宝的概率几乎为零。另外，穿刺针很细，疼痛和臀部注射相差不多，不用太害怕。

● 什么样的孕妈妈需要做羊水穿刺?

1. 唐氏筛查结果显示高风险的孕妈妈。

2. 分娩时35岁以上的高龄孕妈妈。

3. 生育过染色体异常胎儿的孕妈妈。

4. 羊水过多，有染色体畸形可能的孕妈妈。

5. 夫妇有一方为染色体平衡异位的孕妈妈。

6. 生育过无脑儿、脊柱裂、唇裂、腭裂、脑积水、先天性心脏病患儿的孕妈妈。

7. 夫妇一方有先天性代谢性疾病，或已生过患儿的孕妈妈。

8. 在妊娠早期接触过大量放射线、有毒有害物质、感染过病毒或弓形体的孕妈妈。

9. 性连锁隐性遗传病基因携带者。

10. 有遗传性疾病家族史或近亲结婚的孕妈妈。

11. 出现过原因不明的流产、死产、胎儿畸形、新生儿死亡的孕妈妈。

● 关于染色体

染色体是细胞核内具有遗传性质的遗传物质，被深度压缩形成的聚合体，易被碱性染料染成深色，所以叫染色体。是遗传信息的主要载体。主要由脱氧核糖核酸（DNA）和蛋白质构成。正常情况下，人类有23对染色体，共46条。染色体异常的宝宝，常存在多种畸形，尚无有效的防治措施，唯一手段就是通过孕期筛查、产前诊断及早发现，及时终止妊娠。

唐氏综合征的宝宝细胞中有 3 条 21 号染色体，共 47 条染色体，称为 21-三体综合征，俗称先天愚型。其发病率为 1:600~1:1000。女性的生育年龄越大，发病风险越高。

18- 三体综合征也称为爱德华氏综合征，即宝宝细胞中有 3 条 18 号染色体，是仅次于唐氏综合征的常见染色体异常。

13- 三体综合征又称为 Patau 综合征，即宝宝细胞中有 3 条 13 号染色体。也是一种较为常见的染色体异常。绝大部分患儿智力严重低下，90% 的患儿在出生一年内死亡。

上述三种染色体异常也是目前孕期筛查的项目。

● 关于畸形筛查

1. 孕 11~13+6 周：B 超测量胎儿颈后透明层厚度（NT）、鼻骨和静脉导管血流。NT 值大于 3mm、鼻骨缺如、静脉导管血流异常与染色体异常高度相关。

2. 唐氏筛查：

9~13 周孕早期唐筛，与 NT 值、鼻骨、静脉导管血流一起联合筛查染色体异常。

15~20 周孕中期唐筛：如为高风险则进一步做羊水穿刺或无创 DNA。神经管畸形高风险则在孕 18~24 周期间做系统胎儿超声检查，俗称“大排畸”或“四维 B 超”明确诊断。

3. 孕 18~24 周胎儿系统超声检查：即通常所说的四维排畸 B 超。这次 B 超是孕期最重要的一次超声检查。由于胎儿大小适中、羊水适量、活动空间大，可以多方位、多角度地对胎儿的大脑、颜面部、颅骨、心脏、肺、脊柱、肝脏、肾脏、胃肠道、膀胱、四肢、手、足、胎盘、脐带等进行详细的扫查，评估宝宝各个器官的发育情况。

4. 羊水穿刺：一般在 16~21 周进行，如果孕妈妈有分娩染色体异常患儿的高

危因素，就需要做羊水穿刺。羊水穿刺是诊断胎儿染色体畸形最准确的方法。

5. 无创 DNA：一般在 12~24 周进行。无创 DNA 仅需采孕妈妈外周静脉血，和做唐氏筛查一样方便。利用新一代 DNA 测序技术对母体外周血中的胎儿游离 DNA 片段进行测序，从中得到胎儿的遗传信息，从而检测胎儿是否患有 21-三体综合征、18- 三体综合征、13- 三体综合征三大染色体异常疾病，准确率在 99%。它不能筛查神经管畸形。另外不是所有孕妈妈都适合做。

● B 超是不是不能老做?

B 超探头发射的是超声波，不是放射线。而且目前医院所用的普通 B 超或彩超探头所发射的声波强度很小，一般情况下超声检查的时间也很短。不足以对胎儿造成影响。目前国内外也没有多次超声检查导致胎儿不良影响的循证医学证据。孕妈妈不必担心孕期 B 超检查会对宝宝有影响，否则，您的紧张情绪可能会比 B 超本身更影响宝宝。

● 各个时期 B 超看什么?

1. 孕 6~8 周：排除宫外孕和葡萄胎，确定宫内妊娠。了解胚胎发育是否正常。胎儿的大小，对月经不规律的、忘记末次月经的、哺乳期月经未恢复的孕妈妈判定预产期非常重要。如果是双胎还要了解绒毛膜性，也就是要看两个胎儿是住一个房间，还是一套房子里的两个房间，还是两套房子。这对他们将来的处理和合并症的判断非常重要。

2. 孕 11~13+6 周：B 超测量胎儿颈后透明层厚度（NT）、鼻骨和静脉导管血流。NT 值大于 3mm、鼻骨缺如、静脉导管血流异常与染色体异常高度相关。

3. 孕 20~24 周：胎儿系统超声检查，即通常所说的四维排畸 B 超。多方位、多角度地对胎儿的大脑、颜面部、颅骨、心脏、肺脏、脊柱、肝脏、肾脏、胃肠道、

膀胱、四肢、手、足、胎盘、脐带等进行详细的扫查，评估宝宝各个器官的发育情况。

4. 孕 30~32 周：评估胎儿生长发育情况是否与孕周相符，胎位、胎盘、脐带有无异常。有无巨大儿或胎儿生长受限，必要时给予营养指导。如是臀位则予以纠正。

5. 孕 37~40 周：了解胎儿大小和胎位；胎盘的位置和成熟度；羊水多少；脐带血流 S/D 值。羊水指数的正常值为 8~25cm。< 8cm 为羊水偏少；< 5cm 为羊水过少。> 25cm 为羊水过多。妊娠末期 S/D 值应 < 3。胎盘老化、羊水过少与 S/D > 3，要警惕胎儿宫内缺氧。

● B 超提示宝宝胃泡过大意味着什么？

胃泡的大小与形状随吞咽的羊水量而改变。胃泡过大多见于以下情况：

1. 胎儿刚吞咽了多量的羊水，胃泡可以稍大于正常，应复查。如复查正常，则不考虑胎儿畸形。

2. 先天性胃出口梗阻或闭锁：B 超提示胃泡增大，同时伴有羊水过多。单纯胃出口梗阻或闭锁出生后手术治愈率高，不需引产。

3. 十二指肠狭窄与闭锁：B 超除胃泡增大外，十二指肠也明显扩张。同时合并食管闭锁时胃和十二指肠扩张不明显。单纯十二指肠闭锁或狭窄出生后手术治疗效果好，不需引产。

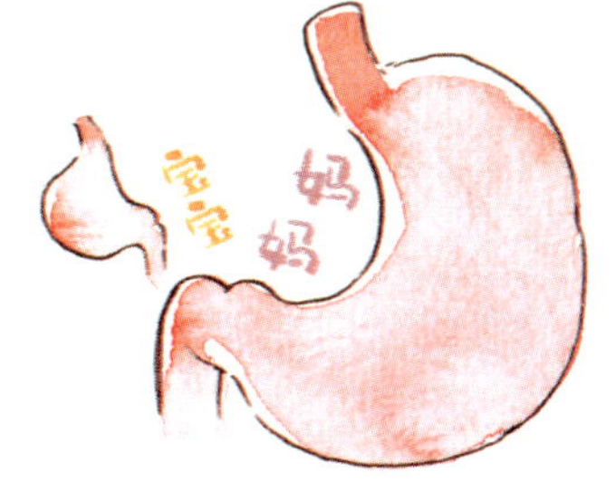

4. 染色体异常：一些染色体异常和遗传性疾病也会出现胃泡过大，多同时合并其他畸形，如 21- 三体，巨膀胱 - 小结肠 - 小肠蠕动迟缓综合征（MMIHS）等。这种情况新生儿结局不良，需要引产。

怀孕四个月时出现假性宫缩，为什么？宫缩时什么感觉，什么时候宫缩严重会有危险？

子宫是一个主要由平滑肌细胞构成的器官，具有收缩的特性。从怀孕12~14周开始出现子宫不规律收缩，为以后分娩期子宫平滑肌的规律收缩做准备。此时的宫缩，孕妈妈只能感觉到腹部发紧，没有疼痛的感觉，触摸子宫时子宫发硬。活动时明显，休息后消失。一天内只有偶尔的几次，是子宫的生理性反应，属于正常现象。当宫缩次数频繁、规律，且有剧烈疼痛时则有流产或早产的危险。

孕期肚子痛或出血

1. 宫外孕：停经、阴道少量出血、腹痛是宫外孕的常见症状。宫外孕破裂或流产时腹痛剧烈。腹腔内出血量多时，出现失血性休克，有生命危险。

2. 流产：腹痛和阴道出血是流产的主要症状，根据流产发生的孕周不同，二者出现的先后顺序不同。

3. 前置胎盘：妊娠晚期出血最常见的原因，其特点是：无诱因、无痛性阴道出血。出血多时孕妈妈与宝宝都会有危险。

4. 胎盘早剥：也常出现在妊娠晚期，有妊娠期高血压时容易发生，常合并持续性腹痛。如不及时治疗，孕妈妈和宝宝都会有危险。

5. 妊娠合并阑尾炎、胰腺炎、卵巢囊肿蒂扭转时都会发生腹痛。由于炎症的刺激又会引起宫缩而发生流产。如果不妥善处理，后果严重，有生命危险。

6. 妊娠合并宫颈息肉、宫颈病变、蜕膜息肉、尖锐湿疣等都可能出现阴道出血，但一般无腹痛。

孕妇的情绪

1. 孕早期过程中，由于胎盘激素的作用，孕妈妈的情绪变化会非常剧烈，甚至喜怒无常。孕妈妈情绪的变化与早孕反应的严重程度密切相关，越是早孕

反应厉害的孕妈妈，情绪变化也越大。

2. 由于担心宝宝的健康情况以及对分娩的恐惧，90% 的孕妈妈在孕期会出现焦虑情绪。

3. 孕妈妈情绪不安时，会有不良的激素分泌，这些激素的分泌又会影响到宝宝的身体变化。有研究表明：孕妈妈情绪低落，宝宝的面容也会变得皱缩，孕妈妈开心时宝宝的表情就会舒展。孕妈妈的情绪管理很重要哦。

● 妊娠期糖尿病是查糖耐量吗？如果查出来怎么办？

妊娠 24~28 周，由于胎盘分泌的胎盘生乳素、雌激素、孕激素等，都是胰岛素的对抗激素。胰岛需要分泌更多的胰岛素才能满足孕妈妈的需要。一旦胰岛储备功能不足，孕妈妈就会出现糖代谢异常，发生妊娠期糖尿病，所以在 24~28 周需要做糖耐量（OGTT）筛查妊娠期糖尿病。

糖耐量的正常值是：空腹 < 5.1mmol/L，餐后 1 小时 < 10mmol/L，餐后 2 小时 < 8.5mmol/L，任何一点的血糖值高于正常就诊断为妊娠期糖尿病。

一旦诊断为妊娠期糖尿病，就要在医生指导下开始监测血糖、控制饮食、适当运动，争取把血糖控制在理想范围。这样就不会对您和您的宝宝造成任何近期和远期的不良后果。

● 什么是松弛素？

松弛素是妊娠期间，由卵巢黄体和胎盘合成和分泌的一种多肽类激素。在妊娠期和分娩期引起骨盆韧带、耻骨联合的松弛以及子宫颈、阴道的扩张以利胎儿通过产道。但上述器官必须经雌激素、孕激素致敏后，才能对松弛素做出反应。

● 全身酸痛怎么办?

1.进食含钙丰富的食物，如牛奶、酸奶、豆制品、虾皮等。孕中期钙每日需要1000mg，单纯从食物中不能得到这么多的钙。必须补充钙剂，每日300~600mg。补钙可以缓解骨关节和肌肉的疼痛。

2.适当增加户外活动。钙的吸收需要维生素D，户外活动可以促进维生素D的合成。

3.练习孕妇瑜伽或孕妇体操，可以增强体力和肌肉张力，增强身体的平衡能力。提高肌肉的柔韧度和灵活性，改善孕妇的站姿和坐姿，缓解肌肉疼痛。

4.适当休息，孕期由于松弛素的影响，骨关节、韧带松弛，妊娠晚期由于腹部明显增大，重心前移，对脊柱的压力增大，孕妈妈容易出现腰背部及全身的疼痛，注意不要劳累，适当休息。

● 一直有尾椎骨疼痛的状况是什么原因？有办法解决吗?

1.原因：

①妊娠期卵巢黄体和胎盘分泌松弛素，使骨盆韧带、脊椎骨的关节松弛，部分孕妇会出现腰骶部及四肢的疼痛和不适。

②缺钙、骨质疏松也是骨关节疼痛的常见原因。

③妊娠中晚期腹部增大，重心前移，腰椎、骶椎压力增加也会引起腰骶部疼痛。

④孕妈妈也可能孕前就存在脊柱、骨盆、关节的隐患，孕期加重。

2.解决办法：

①可以通过补钙、晒太阳增加维生素D的合成，促进钙质的吸收。

②加强运动：在专业人员指导下练习孕妇瑜伽、孕妇操、游泳等。可以锻炼肌肉的张力、韧性、平衡能力。改善姿势，减轻疼痛。

③避免劳累，适当休息。

什么是耻骨联合分离？怎么预防？

耻骨联合分离是指耻骨纤维软骨联合处，因外力而发生错移，表现为耻骨联合距离增宽或上下错位。出现耻骨联合处局部的疼痛和下肢抬举困难等功能障碍。由于妊娠期松弛素分泌增加，使耻骨联合处的韧带松弛，妊娠期和分娩期容易发生耻骨联合分离。

1. 如有条件，可于孕前进行一次专业的脊柱、骨盆检查，如有隐患，最好在孕前治愈。

2. 孕前与孕期适当运动，增加肌肉、韧带的应力。

3. 补充钙质和维生素 D，增强骨质。

4. 控制胎儿不要过大，减轻对耻骨联合的压迫和分娩时对耻骨联合的损伤。

5. 床垫软硬适中，以免造成骨盆倾斜，骨盆受力不对称。

6. 孕期可使用骨盆矫正带，减轻胎儿对耻骨联合的压迫。

孕期有什么适合的运动？

1. 散步：最适合孕妇的一种运动。简单易行，根据自身情况选择步行速度。建议每天步行 500~1500 米。

2. 游泳：宜在孕中期进行，时间不超过 1 小时。距离大约为 300~400 米，最好在恒温池中。如果孕前不会游泳，没必要在孕期学习。

3. 孕妇操：强度低、有节奏感、简单易学。

4. 孕妇瑜伽：主要是伸展锻炼。专业性强，需专业教练指导。

5. Kegel 运动：盆底运动。收缩和放松肛门括约肌等盆底肌肉。增加会阴弹性。 每天大约 200 次，每次收缩 5 秒。

6. 其他：上肢功率计、慢跑、漫步跳舞、骑车等。

孕期什么时候开始补钙?

孕中期孕妇对钙的每日需要量约 1000mg，孕晚期为 1200mg。如果每天的食物中有很多的牛奶和奶制品，是可以不需要额外补钙的。但大多数人做不到。所以要从孕中期开始补钙。

关于孕妇腿抽筋

在妊娠中晚期腿抽筋的主要原因是缺钙。补充钙剂和维生素 D 会缓解。但是还有一些其他情况也可以发生腿抽筋，例如供血不足、疲劳等。这也就是为什么有人吃了钙片还会腿抽筋的原因。

孕妇旅游的注意事项

1. 避免劳累，尽量不打破原有的作息和饮食习惯。

2. 避免到人多、拥挤的地方，远离传染病流行区域。不要参加惊险的项目，

不要单独出游。

3. 出行前要做功课，了解所到之处附近有没有医院，以备不时之需。当然如有相熟的产科医生随时指导更好。

4. 乘坐公共交通工具时注意避免拥挤。

5. 孕妈妈自驾车时切记不要时间太长。途中最好 1~2 个小时下车活动一下，预防血栓性静脉炎。座椅靠背要舒适。安全带要跨越子宫上方，不要压迫在隆起的腹部。同时要注意通风，保证车内空气质量。

6. 孕妈妈如要乘飞机出行，需注意下列情况：

首先要咨询您的医生是否可以出行。

飞机上空间狭窄，孕妈妈要选择靠过道的座位，便于1~2 小时起身活动一次。

高空气压改变，腹内压力增大，有诱发宫缩、胎膜早破的风险，一旦有腹痛、出血、阴道流液等不适，及时报告乘务员。

购买机票时要询问航空公司允许乘机的相关规定，以免不必要的麻烦。下列情况航空公司一般不予登机：

①怀孕 35 周以上者。

②预产期临近但无法确定准确日期，已知为多胎分娩或预计有分娩并发症者。

③产后不足 7 天者。

孕中、晚期需要补充什么营养?

孕中、晚期早孕反应消退，食欲好转，胎儿生长速度增快，注意均衡营养，食物品种要多，量要适中，不可过多，多吃富含铁、钙、叶酸的食物，少食多餐。

1. 妊娠中、晚期，孕妈妈每日应增加 200kcal

的热量。碳水化合物、蛋白质、脂肪作为人体供能的三大营养物质，其能量分配比例为：碳水化合物占总能量的 50~60%，脂肪占总能量的 20~30%，蛋白质占总能量的 15~20%。

2. 碳水化合物每天大约需要 300~400g，其中杂粮不能少于 1/5。蛋白质的补充需要每天食用畜、禽肉类大约 50~100g（1 两至 2 两）、鱼虾类 50g（1 两）、一个鸡蛋，每周最少吃一次鱼。

脂肪来源于食用油、坚果、豆类。脂类的每日需要量是 25g 左右。我们熟知的 DHA 就是一种不饱和脂肪酸，如果可以保证一周吃两次海鱼，可以不额外补充。如果吃不到，则可以每天补充 DHA200~300mg。

3. 孕中、晚期每日大约需要蔬菜 400~500g（8 两至 1 斤），水果 200~400g（4 两至 8 两）。但烹调过程中叶酸易被破坏，建议补充含有叶酸的孕妇专用复合维生素。

4. 补铁：建议多吃含铁丰富的食物，如红肉（牛、猪、羊）、动物肝脏、动物血、黑木耳、海藻类、黄花菜等。动物来源的铁剂好吸收，不受其他食物影响，要优先考虑。必要时在医生指导下补充小剂量铁剂。同时注意多吃富含维生素 C 的水果或维生素 C 片，促进铁剂吸收。

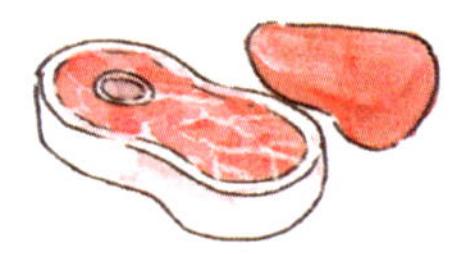

5. 中国营养学会推荐：孕中、晚期每日钙需要量分别是 1000mg、1200mg。除了每天至少喝 300~500ml 牛奶之外，还应补充 300~600mg 钙剂。同时还需要补充维生素 D。

孕期体重增长范围

不同体重指数孕期体重增长的推荐范围

孕前 BMI（kg/m^2）	单胎孕期体重增长（kg）	单胎孕中晚期每周体重增长（kg）	双胎孕期体重增长（kg）
< 18.5	12.5 ~ 18	0.51（0.44 ~ 0.58）	暂无推荐范围
18.5 ~ 24.9	11.5 ~ 16	0.42（0.35 ~ 0.50）	17 ~ 25
25 ~ 29.9	7 ~ 11.5	0.28（0.23 ~ 0.33）	14 ~ 23
≥ 30.0	5 ~ 9	0.22（0.17 ~ 0.27）	11 ~ 19
注：孕早期平均体重增加：0.5 ~ 2 kg			

体重指数 = 体重（kg）/ 身高（m）^{2} 准妈妈最好在孕前将体重控制在理想水平。

孕妇为什么总会屁嘟嘟、便秘？怎么解决？

妊娠期孕激素水平增高，平滑肌张力降低，肌肉松弛。肠蠕动减弱，粪便在大肠停留时间延长，同时增大的子宫压迫肠道也会影响胃肠道的功能而出现便秘。

解决办法：

1. 运动：促进胃肠蠕动。

2. 均衡营养：食物中粗粮细粮搭配，多吃蔬菜、水果，保证每天有足够的膳食纤维。

3. 多吃酸奶，调整肠道菌群，改善胃肠功能。

4. 养成定时大便的习惯。

5. 求助于医生，服一些对胎儿没有影响，可以改善便秘的药物，如乳果糖。

6. 尽量不要频繁使用开塞露。

7. 不建议使用泻药，有流产、早产风险。

关于胎动

胎动是指胎宝宝的躯体运动。当这种躯体活动冲击到子宫壁时，孕妈妈可以感觉到。大部分孕妈妈在怀孕 18~20 周时感觉到第一次胎动。有经验的经产妇或一些敏感的妈妈可以在 16 周时感到胎动。初产妇到 20 周才会感觉到。到了孕 28 周后，孕妈妈不仅可以感觉到胎动，而且在腹壁上可以看到或摸到胎动。随着怀孕周数的增加，胎动会越来越活跃，特别是到了 29~32 周。但到了 36 周以后，随着胎儿增大，活动空间会越来越小，胎头入盆，胎宝宝活动的幅度越来越小。孕妈妈会感觉到胎动减少。

胎动是胎儿宫内安危的表达方式，也是孕妈妈唯一可以感知的信息。孕 28 周后，医生会要求孕妈妈数胎动。胎动过于频繁和胎动减少，甚至消失，都说明胎儿缺氧，处于危险状态。要警惕，及时看医生。

如何数胎动?

孕妈妈最好采取半卧位或侧卧位，两手自然放于腹壁上。每天早、中、晚各取 1 小时，如：每天早晨（8~9 点）、中午（12~13 点）、晚上（20~21 点），在每天固定的三个时间段各数一小时。最后 3 次相加再乘以 4 就是 12 小时的胎动。一般每 2 小时胎动不少于 6 次，12 小时 30~40 次以上，说明宝宝情况良好。也可以与以前比较，如果胎动变化不大，胎儿是安全的，特别频繁或减少 50% 要警惕胎儿缺氧。

关于胎教

孕4~5个月，胎儿可以听到声音，可以接收到外界触摸的信息，从现在开始孕妈妈和准爸爸就可以和胎宝宝进行沟通了。语言胎教、音乐胎教、美育胎教、手工胎教、营养胎教都是孕妈妈经常采取的方式。

1.语言胎教：孕妈妈准爸爸每天和肚子里的宝宝说话，或者给宝宝讲故事，特别是准爸爸浑厚、低沉、温和的声音，更容易被宝宝接受，是建立亲子关系的关键。

2.音乐胎教：选择舒缓、轻柔、明快的音乐。在娱悦孕妈妈愉悦心情的同时具有安抚胎儿、调节昼夜节律的作用。

3.美育胎教：当孕妈妈在欣赏美丽事物时，孕妈妈感受到美的同时，也在无形中传达给了宝宝。

4.抚摸胎教：准爸爸和孕妈妈用手轻轻地抚摸胎儿或轻拍胎儿对胎儿形成触觉上的刺激，促进胎儿感觉神经和大脑的发育。

5.手工胎教：孕妈妈也可以在轻松、舒适的环境下，给胎宝宝织毛衣、做小衣服、小帽子等，在做的过程中，想象着宝宝出生后的可爱模样。幸福感油然而生。这种良好的情绪传递给胎儿，促进胎儿的发育。

关于孕期性事

怀孕以后，不管是早孕、中孕，还是晚孕，都是可以有性生活的。除非有合并症、并发症的情况。但早孕期间，胎宝宝在妈妈肚子里还不是很稳定，性生活要适度。有先兆流产迹象或者有习惯性流产的孕妈妈要格外小心。孕中期胎宝宝相对稳定，孕妈妈早孕反应结束，食欲改善，精神充沛，可以适当进行性生活。孕晚期接近分娩，孕妈妈的腹部增大明显，性生活时要注意姿势，动作不可粗暴，以孕妈妈的安全和舒适为准。另外孕期性生活一定要注意卫生，

以免感染。否则可能出现流产和早产。

● 孕期水肿

孕妈妈在孕中晚期常出现下肢水肿，主要是因为增大的子宫压迫下腔静脉，导致下肢血液回流不畅造成。另外，激素水平的增高，水钠潴留也会造成水肿。

水肿最初表现为隐性水肿，如体重异常增加，每周 >0.5kg，或手足憋涨，逐渐出现可凹性水肿。如水肿白天出现，抬高双下肢经过休息后消退，一般是生理性的。如果休息后不能消退，则要考虑病理性水肿，多见于妊娠高血压疾病、低蛋白血症、贫血、心功能不全、肾脏疾病等，需要及时看医生。

饮食上应注意清淡，控制盐的摄入，食用红豆、绿豆芽、冬瓜等有消肿利尿作用的食物。休息时尽量抬高下肢，加速下肢血液回流。

● 孕妇阑尾

由于受增大子宫的影响，孕妇的阑尾位置在中孕和晚孕期间向上、向后、向外移位。产后 14 日恢复到非妊娠时的位置。

妊娠合并阑尾炎是妊娠期常见的外科合并症之一。阑尾位置的变化，使阑尾炎的症状不典型，早期诊断困难。也因为增大子宫的影响，炎症不容易局限，常发展到阑尾穿孔和弥漫性腹膜炎的阶段，病情严重，孕妈妈和胎宝宝都会十分危险。

妊娠合并阑尾炎治疗，如果病情轻微，可以在密切观察的情况下抗感染治疗。如为急性发病或积极抗感染病情仍无明显改善，要尽快手术，千万别犹豫。手术同时一般不做剖宫产，除非胎儿基本成熟，出生后可以存活，或者伴发其他情况。

● 胎儿打嗝是怎么回事?

在怀孕的中晚期，孕妈妈经常会发现腹部有规律的跳动，时间比较短，动作幅度不大，一跳一跳的，类似心跳，2~3 秒一次，一次持续 2~5 分钟，偶尔时间比较长，可以达到 10~20 分钟，这就是胎儿打嗝，细心的孕妈妈可以发现它与胎动是不一样的。

在胎儿的胸腔和腹腔之间有一个类似帽子的薄薄的肌肉膜，叫膈肌。它出现收缩时胎宝宝就打嗝了。

胎儿打嗝是一个正常现象，是胎宝宝在锻炼肺部的呼吸功能。为自己出生后可以正常呼吸做准备。孕妈妈不必紧张。一般宝宝锻炼几分钟就收工了，如果时间稍长，准爸爸或孕妈妈的手摸在跳动的地方，轻轻抚摸一会儿，打嗝就会停止。

另外胎儿打嗝还可以帮助孕妈妈监测胎位。如果是头位，胎儿打嗝的地方应该在下腹部左侧或右侧。如是臀位，则打嗝的地方在上腹部。

● 孕中期宝宝的成长情况

1. 孕 16 周末：胎儿大约重 110g，身长 16cm。可爱的小鼻子、小嘴、小眼睛等器官的发育基本完成。听觉器官仍在发育中。脑的听觉中枢还没有开始发育，所以他还不明白听到声音的意思。外生殖器已经发育，超声下可以辨别性别。四肢发育也已经完成，关节也开始活动，胎动开始出现。

2. 孕 20 周末：胎宝宝非常活跃，体重增长迅速，约 320g，身长约 25cm。皮肤呈暗红色，可以看到少许的头发。大脑开始划分专门的区域进行嗅觉、味觉、听觉、视觉以及触觉的发育，对光有感应。

3. 孕 24 周末：体重已经增长为约 630g 左右，身长约 30cm。消化系统更加

健全，可以轻松吞咽羊水，五官发育成熟，可以看到眉毛，超声下可以看到宝宝经常吸吮自己的手指。感觉系统基本成形，对外界的感觉日益增强，噪声会使宝宝烦躁不安。

4. 孕 28 周末：体重已经增长为约 1000g 左右，身长约 35cm。神经系统和感官系统有了明显的变化，尤其是听觉，但视力还不是很好。嗅觉也开始有反应了，肺部发育还不完善。如果是个男宝宝的话，睾丸开始向阴囊下沉。

关于孕中期的建议

1. 均衡营养，增加蛋白质、铁、钙的摄入。在保证营养的基础上，注意体重增长控制在合理的范围。整个孕中期体重增长约 5~6.5kg。

2. 饮食注意粗细搭配，多吃蔬菜、水果等富含膳食纤维的食品，预防便秘和痔疮的发生。

3. 控制食盐的摄入量，每天不超过 6g，吃盐过多可能引起水肿、血压升高。

4. 尽量不喝浓茶和咖啡，以免影响食物中钙、铁的吸收，造成贫血、缺钙。

5. 选择适合自己的运动，特别要增加户外活动，可以促进钙的吸收。坚持每天适度的运动，还可以预防和治疗妊娠期糖尿病和便秘。增强体质，有助于正常分娩。

6. 注意休息和睡眠，每天睡眠不少于 8 小时，避免熬夜，最好养成午睡的好习惯。

7. 中孕期胎儿较为稳定，孕妈妈精力充沛，如果没有异常，可以适当旅行和性生活。

8. 胎宝宝的神经系统和感官系统已基本发育完成，胎教可以促进宝宝发育，建立一家人的亲密关系。准爸爸要坚持参与胎教。

9. 准爸爸尽量陪同孕妈妈产检、运动、上孕妇学校，共同学习孕产知识，做孕妈妈的营养师、按摩师和开心果。

● 为什么要早睡觉？

孕妈妈的睡眠时间要比孕前稍多一点。如果熬夜、休息时间过短，会引起孕妈妈疲劳过度，食欲下降、机体免疫力低下，使孕妈妈营养不良，影响宝宝发育，同时增加孕妈妈和胎宝宝感染疾病的概率。早睡也有利于宝宝形成正常的昼夜节律。

● 孕妈妈睡觉是不是一定左侧卧位，什么时候开始注意？

孕妈妈在仰卧时增大的子宫会压迫下腔静脉，影响下腔静脉血液回流，严重时发生仰卧位低血压。不管是左侧卧位，还是右侧卧位都可以缓解对下腔静脉的压迫，改善血液循环，增加子宫、胎盘的血流量，有利于宝宝的发育。另外，妊娠 28 周后，由于左下腹有乙状结肠，子宫发生右旋，认为左侧卧位更能改善子宫的血运。但有些孕妈妈左侧卧位时会有不适，或者长期一个姿势睡眠很不舒服，不一定非要左侧卧位，以孕妈妈舒适为准，可以左右侧卧位交替。

从妊娠 6 个月以后，子宫增大明显时开始注意选择侧卧位。

● 妊娠期激素变化引起的反应

1. 妊娠早期受人绒毛膜促性腺激素（HCG）和雌激素的影响，出现恶心、呕吐等早孕反应。

2. 妊娠期受雌激素的影响，齿龈肥厚，容易充血、水肿、出血。少数孕妇甚至出现牙龈血管灶性扩张。

3. 妊娠期受孕激素影响，平滑肌张力减低，肌肉松弛。胃贲门括约肌松弛，出现返流性食管炎；胃排空时间长，易出现上腹部不适，胃饱胀感；胆囊排空

时间延长，易出现胆囊炎和胆石症；肠蠕动减弱，易出现便秘。加之直肠静脉压增加，易出现痔疮或者原有痔疮加重。

4.促黑素细胞刺激激素分泌增多，再加上大量的雌、孕激素有黑色素细胞刺激作用，使黑色素增加，使孕妇乳头、乳晕、腹白线、外阴等处出现色素沉着。色素沉着于面部则出现妊娠黄褐斑，俗称蝴蝶斑。产后自行消退。

5.糖皮质素增多，再加上增大子宫对腹部皮肤张力加大，皮肤弹力纤维断裂，形成妊娠纹。

6.孕妇体内的胎盘生乳素、雌孕激素、糖皮质激素等有胰岛素抵抗作用的激素分泌增加，使胰岛素需要量增加，易发生妊娠期糖尿病。

7.胎盘分泌松弛素，使骨盆韧带及椎骨间的关节、韧带松弛，孕产妇易发生腰骶部及肢体疼痛和耻骨联合分离。

孕晚篇

● 什么是巨大儿?

巨大儿是指胎儿体重达到或超过 4000g。常见于妊娠期糖尿病、肥胖孕妈妈、过期妊娠、高龄产妇、身材高大的准爸爸和准妈妈。

巨大儿的剖宫产率、产后出血率增加。因胎儿大，难产率高，阴道分娩的主要风险是肩难产。肩难产是一种十分危险的产科状况，处理不当孕妈妈和胎宝宝都会发生危险。

预防巨大儿发生的最好办法就是孕期做好体重管理，避免胎儿过大。

● 关于臀位

简言之胎宝宝的头朝下是头位，屁屁朝下就是臀位。

由于胎宝宝的屁屁形状不规则，对前羊膜囊的压力不均匀，容易发生胎膜早破，俗称“破水”。脐带可以随着羊水的流出而脱出到子宫口外，叫作脐带脱垂。臀位发生脐带脱垂的风险是头位的 10 倍。特别是臀位中的不完全臀位（胎儿单腿或双腿站或跪在宫腔里），脐带脱垂发生率更高。脐带脱垂时脐带受压可致胎儿缺氧甚至死亡。另外，臀位的胎膜早破，也使早产率增加。臀位经阴道分娩有可能发生后出头困难，此时胎儿十分危险。

孕 30 周之前臀位常可以自行转成头位。若 30 周后仍为臀位，要予以纠正。

常用的方法有：膝胸卧位、激光照射或艾灸至阴穴、外倒转术。外倒转术有一定的风险，需要非常有经验的医生才能实施。

臀位的分娩方式根据孕妈妈的年龄、产次、骨盆情况、胎儿大小、臀先露类型、胎儿是否缺氧、有无合并症等决定。目前臀位因阴道分娩可能出现后出头困难，大多选择剖宫产。只有在下列情况下可以尝试阴道分娩：

1. 孕周≥ 36 周。

2. 单臀先露。

3. 胎儿体重 2500~3500g。

4. B 超未发现胎头仰伸。

5. 骨盆大小正常。

6. 无其他需要剖宫产的情况。

● 关于入盆的介绍

入盆是指在妊娠晚期，胎头双顶径（胎头从左到右最宽的径线）进入骨盆入口平面。最低点达到或接近坐骨棘水平。胎头入盆说明胎头大小与骨盆相称。有顺产的可能性。一般情况下，胎儿入盆后，孕妈妈会感觉到胎儿的位置下降，胎动比以前减少。同时胎头入盆后，会压迫膀胱，引起尿频。多数初产妇会在分娩前 2 周入盆，但有的也会等到临产后才入盆。入盆是分娩的前奏，不是必要条件。经产妇往往在临产前后入盆。胎头入盆早也不等于会发生早产。

● 脐带绕颈怎么办？

只要胎宝宝在宫腔里活动，脐带就有可能随时绕到胎儿颈部，也可能会随时绕出。大量研究表明脐带绕颈与新生儿的不良结局关系不大，也不影响顺产。孕妈妈也不可能通过改变体位等方法帮宝宝绕出脐带，所以脐带绕颈时只要数

好胎动就可以了。只要胎动正常，宝宝在子宫里就是安全的。另外，孕妈妈要避免待在可能引起宝宝缺氧的环境里，如泡温泉、洗热水澡时间过长等，缺氧使胎宝宝胎动频繁，脐带缠绕更多、更紧，非常危险。

● 胎心监护

胎心监护是妊娠晚期用来评估胎宝宝宫内安危的一种最常用的检查方法。一般从 34 周开始做起，每周一次。如有特殊情况可以提前到 34 周之前，也可以增加检查频率。

胎心监护图包括两条线，上面一条线记录的是胎心率的变化，下面一条线记录的是宫腔压力。两条线之间是胎动时的标记。正常情况下胎心率波动于 110~160 次 / 分。这条线不是一条直线，是一条锯齿样上下波动的曲线。出现胎动时胎心率会上升，形成一个向上突起的曲线。胎动结束后，胎心率逐渐下降。下面一条曲线是记录宫腔压力的曲线，有子宫收缩时，曲线会上升并持续几十秒，宫缩过后曲线又回到原来的水平。宫缩时正常情况下胎心率也会上升，宫缩过后胎心率逐渐恢复到原来的水平。

通常胎心监护做 20 分钟，如有异常可以延长检查的时间。如果胎心少于 110 次 / 分或多于 160 次 / 分，持续 10 分钟以上，称为胎儿心动过缓或胎儿心动过速。宫缩时胎心率不加速反而出现下降，称为减速，其中频繁发生的晚期减速、变异减速、延长减速，提示胎儿危险，宫内缺氧。另外，如果胎心率锯齿状上下波动的曲线变成类似一条直线，叫作胎心率基线变异消失，或者变成一条正弦波曲线也提示胎儿危险。

● 孕后心脏负担增加

1. 妊娠期：怀孕后，为适应子宫胎盘及各组织器官增加的血流量，血容量从 6~8 周开始增加，至孕 32~34 周达高峰，较孕前增加 40%~50%，平均约增加

1450ml。血容量增加引起心排出量和心率增加，心脏负担加重。

2. 分娩期：是心脏负担最重的时期。每次子宫收缩有约 250~500ml 的血液被挤入体循环，全身血容量增加，每次宫缩时心排血量增加约 24%，同时由于第二产程孕妈妈屏气用力，血压增高、肺循环压力增高、中心静脉压增高。心脏前后负荷均增加。

胎盘娩出后，子宫突然缩小，胎盘循环停止，原来滞留于胎盘、子宫的血液回到了体循环，血容量增加。

胎儿娩出，腹腔压力骤然下降，大量血液向内脏灌注，血流动力学急剧变化，心脏负担加重。

3. 产褥期：产后 3 天仍是心脏负担较重的时期。除子宫收缩使一部分血液进入体循环外，妊娠期组织间隙潴留的液体也开始回到体循环，血容量明显增加。

孕 32~34 周、分娩期、产后 72 小时是心脏负担最重的时期，如果心脏有基础疾病在这三个时间段容易发生心功能衰竭。

● 孕后期宝宝成长情况

1. 孕 32 周末，胎宝宝身长约 40cm，体重约 1700g。29 周开始肌肉已经发育，宝宝看起来长胖了许多，头发也变得浓密起来，开始长出漂亮的眼睫毛。30 周的时候，大部分的宝宝已经开始寻找出生的方向，转为头朝下的姿势。

2. 孕 36 周末，胎宝宝身长约 45cm，体重约 2500g。皮下脂肪增多，宝宝变得丰满起来。男宝宝的睾丸也已经下降到了阴囊里。34 周时宝宝的肺部已经基本发育成熟，消化系统也基本发育完善。

3. 孕 40 周末，胎宝宝身长约 50cm，体重约 3400g。36 周以后子宫内活动空间越来越小，胎位一般不会再有变化。器官已经发育完善，出生后可以建立自主呼吸。胎毛和胎脂开始脱落，皮肤变得光滑。脱落的胎脂和毛发等随着羊

水被胎宝宝一起吞到肚子里，就形成宝宝出生后排出的黑色胎便。

顺产的好处

分娩方式有两种：阴道分娩和剖宫产。阴道分娩是指经阴道生产的一种方式，包括阴道自然分娩和阴道助产，其中阴道自然分娩即顺产。

顺产的好处：

1. 对母亲的好处：

①分娩过程中出血少，子宫无伤口，恢复快。

②产后不需禁食，可促进乳汁的分泌，有利于母乳喂养。

③住院时间较短，分娩费用低。

④分娩时并发症少（如产后出血、羊水栓塞、感染等）。

⑤无远期合并症（如子宫瘢痕、肠粘连、子宫内膜异位症、慢性腹痛等）。

⑥再次妊娠时大大降低了子宫破裂、凶险性前置胎盘的风险。

⑦生育间隔时间短。半年后就可以再次怀孕。

2. 对孩子的好处：

①分娩时经过母亲产道的挤压，有助于将肺部及呼吸道的黏液挤出，利于新生儿自主呼吸的建立，不容易发生新生儿呼吸窘迫综合征。

①有助于促进宝宝免疫系统的发育和成熟。

①胎宝宝经过宫缩的刺激和产道的挤压，感觉系统进一步发育，将来不易发生感觉统和失调。

顺产的注意事项及建议

1. 孕妈妈首先要对顺产有足够的信心，并做好充分的心理准备。

2. 要想顺产，从孕期保健开始就要注意均衡营养，控制体重，将胎宝宝的

体重控制在 3000~3250g 左右。

3. 孕妈妈要对分娩过程有一定的了解，分娩时积极配合医护人员。

4. 分娩过程中定时小便，排空膀胱。膨胀的膀胱会阻挡胎儿下降、影响子宫收缩，使产程延长。

5. 分娩前应排空大便，不仅有助于产程进展，而且有利于保持产时清洁。但有便意时一定要告知护士，不可擅自排便，以免发生危险。因为随着胎宝宝的下降，会压迫直肠，孕妈妈会感觉到“便意”频繁。这是宝宝快要出生的信号，而不是真的要方便。

6. 待产时鼓励孕妈妈选择自己舒适的体位。不建议长时间仰卧位。适当下床活动。但胎膜破裂后，如果胎头未入盆，则不建议下床活动，以免发生脐带脱垂。

7. 分娩过程中，孕妈妈要合理进食，及时喝水，少量多餐，要吃高能量、清淡、易消化的食物。如果要做分娩镇痛，要听从麻醉师的意见。

● 剖宫产的介绍

剖宫产是一种手术，是解决难产和高危、急重症的一种手段，是不得已而为之的抢救措施。

虽然随着现代医学的发展，手术和麻醉技术大大提高，剖宫产变得越来越容易，越来越安全，也变得越来越随意。但它毕竟是手术，它具有创伤性，需要面对手术和麻醉的风险，也有可能发生近期或远期的手术并发症。

剖宫产是需要严格的医学指征才能采取的一种分娩方式。如胎儿窘迫、产前大出血、滞产、骨盆狭窄、胎儿偏大、胎位异常、胎盘异常、母亲合并严重内外科疾病等。

剖宫产有可能出现下列风险：

1. 麻醉风险。

2. 术中出血较顺产多，更容易发生产后出血。

3. 损伤周围临近器官。如膀胱、肠管等。

4. 术后合并感染：切口感染不愈合、子宫感染等。

5. 切口愈合不良、晚期产后出血。

6. 再孕时发生子宫瘢痕部位妊娠、凶险性前置胎盘等。

7. 肠粘连、子宫内膜异位症、血栓性静脉炎等。

8. 再次妊娠和分娩有子宫破裂的危险，生育间隔不少于 2 年。

9. 新生儿呼吸窘迫综合征、产伤（新生儿骨折）、新生儿将来患过敏性疾病的风险增高等。

剖宫产的注意事项

1. 术前一晚放松心情，保证睡眠，吃清淡容易消化的食物。术前至少空腹 4 小时。

2. 术前按照医生要求进行备皮、留置尿管、消毒等术前准备。

3. 进手术室前将首饰、隐形眼镜、发卡、活动假牙等取下，交与家属保管。

4. 进入手术室后，与麻醉医生积极配合。麻醉有效后才会进行手术。不要紧张，否则会影响麻醉效果。

5. 孕妈妈进入手术室后，家属需在手术室外等候区等待，不要离开。特别是宝宝出生后，如果回病房，家属不要都随宝宝离开，要留一个可以做决定的家属在手术室门口。以免妈妈在手术室有紧急情况时找不到家属。

6. 术后 6 小时需要去枕平卧，之后再用枕头。

7. 术后 6 小时禁食。6 小时后可喝一些有利于排气的汤或白开水，促进肠蠕动。逐渐过渡到免糖、奶半流食。肉、蛋、奶、糖产气较多，容易引起腹胀，排气前或刚排气时避免进食。排气后逐步转为正常饮食。

8.根据医护人员要求，腹部切口要压沙袋，减少切口渗血。8小时后取走沙袋。

9.知觉恢复后，可在家人帮助下，床上活动。如：翻身、抬腿等。

10.拔除尿管后，应注意自行排尿。如排尿困难及时通知医生、护士。

11.尽早下床活动，促进胃肠功能恢复，避免肠粘连和静脉血栓。

12.保持外阴清洁。

● 怎么知道快生了？

1.假临产：孕妈妈在妊娠晚期出现不规律宫缩。宫缩间隙时间长且不规律，持续时间小于30秒，宫缩强度不增加，孕妈妈无痛感。

2.胎儿下降感：又称轻松感。胎儿入盆后，宫底位置下降。孕妈妈自觉上腹部较前舒适，进食量较前增加，呼吸较前轻松。

3.见红：大多数孕妈妈临产前24~48小时内，出现阴道少许出血，是分娩即将开始的可靠征象。

出现上述先兆临产的症状，预示着不久即将临产。

● 准爸爸陪产好吗？

分娩是孕妈妈一生中的重要时刻，分娩过程漫长而辛苦。有准爸爸陪产，孕妈妈会因有最亲爱的人的陪伴和鼓励更增强自然分娩的信心。如果在孕期准爸爸一起参加过孕妇学校的学习，对分娩过程及分娩时的一些减痛、呼吸技巧有了解，准爸爸则更能体会妻子的不容易，也能提供切实可行的帮助。同时准爸爸一起经历了分娩中的酸甜苦辣，与孕妈妈同甘共苦，可以增进夫妻感情，增加对家庭的责任感。

● 给准爸爸的一些建议

1.如果医院容许家属陪产，准爸爸一定不要放弃这个机会。

2. 准爸爸需要充分了解分娩知识，分娩开始后才能给准妈妈切实有效的帮助。

3. 阵痛开始的时候，准爸爸可以陪孕妈妈聊天、讲笑话分散她的注意力。

4. 宫缩增强时，帮助孕妈妈深呼吸或采取不同的姿势缓解疼痛。

5. 当孕妈妈感到腰背部酸痛时准爸爸要及时帮助她按摩，尽可能让她舒服和放松。

6. 帮助孕妈妈定时喝水、进食、大小便等。

7. 不断地给予孕妈妈鼓励和赞美，陪伴她到宝宝出生。

● 关于产前班

孕晚期临近预产期了，进入了我们耕耘十个月的收获阶段，您准备好了吗？产前班最好准爸爸和孕妈妈一起参加。

1. 制订分娩计划，与主治医生沟通分娩方式及其细节。

2. 准爸爸和孕妈妈可以提前熟悉一下医院的环境，了解急诊时就诊的程序和路线。

3. 熟悉一下产房的环境和设施，避免分娩时因为陌生环境而产生的紧张情绪。

4. 准爸爸和孕妈妈共同学习分娩的相关知识，知晓胎宝宝是如何通过产道出生的，了解分娩分为四个产程以及每个产程所发生的情况，分娩时可以更好地配合医护人员。

5. 学会分娩时的减痛、放松和用力的技巧。准爸爸也要掌握这些技巧，分娩时可以更好地帮助孕妈妈。

6. 知晓入院时所需携带的物品。

7. 孕妈妈还要做好心理准备，对分娩树立足够的信心。

8. 准爸爸要做好陪产的准备，您的鼓励和帮助是孕妈妈最好的精神支持。

● 什么情况下必须去医院?

1. 规律宫缩：临产后，宫缩大约 3~5 分钟一次，每次宫缩持续 30~50 秒。然后宫缩的间隔时间越来越短，强度逐渐增加。一开始宫缩时，可能没有疼痛的感觉，只是觉得肚皮发紧，子宫变硬。随着强度的增加，宫缩时会出现痛感。

2. 阴道出血：有少许阴道出血，俗称见红。见红后多在 24~48 小时内临产，可以暂时观察。如果阴道出血量超过月经量，不应视为见红，需马上入院。

3. 胎膜破裂：胎膜破裂后，阴道会有羊水持续流出，不能控制。而尿液是可以控制的。胎膜破裂入院时最好躺着，以免发生脐带脱垂。

4. 胎动明显减少：孕晚期如果发现在平素胎动多的时间段，2 小时胎动少于 6 次 / 分，或者胎动较平时减少 50%，提示胎儿缺氧可能，需就诊。

5. 异常腹痛：持续腹痛，没有间歇。阴道出血量多。

6. 其他：水肿严重、头痛、头晕、看东西不清楚、心慌、气紧、咳嗽、恶心、呕吐等 。

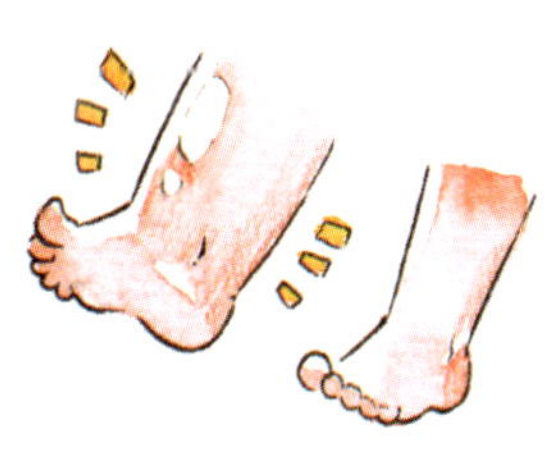

● 待产包的准备

1. 证件类： 孕妈妈和准爸爸的身份证、户口簿、医保卡、银行卡或现金、围产期保健册、孕期化验检查结果。

2. 洗簌用品：毛巾（妈妈和宝宝）、牙具、洁面乳、香皂、肥皂、简单的护肤品、脸盆。

3. 餐具：水杯、餐具、水果刀。

4. 卫生用品：产妇卫生巾、产妇垫、婴儿纸尿裤、卫生纸、湿巾。

5. 衣物类：

妈妈衣物：睡衣、哺乳服和哺乳文胸、防溢乳垫、纯棉内裤、棉袜、防滑拖鞋、出院穿的衣物。

婴儿衣物：宝宝的小衣服、小包被。

6. 其他：巧克力、功能饮料、手机、充电器、相机/摄像机、妈妈孕期服用的药物。

孕晚期盘点

1. 随着胎宝宝的长大，所需要的营养逐渐增多。但每日的热能摄入仍然同孕中期一样，每日较孕前增加 200kcal。其他营养素可以适当增加。如热能太多可能造成孕妈妈肥胖、胎宝宝过大。对于孕前标准体重的孕妈妈每周增重 0.36~0.45kg 为正常。

2. 孕晚期蛋白质的摄入量由孕中期的 15g/天增加到 20g/天。优质蛋白主要来源于肉类、鱼、牛奶和奶制品、鸡蛋、大豆等。每 100g 肉类含蛋白质约 10~20g。

3.孕妈妈可吃牡蛎、海鲜、瘦肉、蛋黄、坚果等富含锌的食物，预防因缺锌导致的胎宝宝生长受限和性腺发育不良。

4.继续进食动物血、瘦肉、肝脏等富含铁的食物。改善孕妈妈贫血和铁缺乏的情况，还要为宝宝储备铁，满足出生后6个月的对铁的需要。

5.继续补充钙剂。孕晚期孕妈妈对钙的需要量增加至1200mg，除了要吃牛奶等含钙丰富的食品之外，每天还需要补充600mg左右的钙剂。

6.孕晚期还要进行适当的活动，如散步、孕妇瑜伽、孕妇操等。其中要有户外活动，多晒太阳，促进钙吸收。孕期适当活动可以帮助控制体重、预防和治疗妊娠期糖尿病、减轻腰背部疼痛。促进自然分娩。

7.孕妈妈继续保持规律作息，晚上不熬夜，早点休息。保持体力和精神充沛。最好有午睡的习惯。午睡宜在1小时左右。

8.孕晚期胎宝宝各系统器官发育基本成熟，可以继续做好胎教，促进胎儿发育。

9.孕晚期孕妈妈腹部增大明显，避免仰卧，选择侧卧位。否则易发生仰卧位低血压。

10. 孕晚期离分娩越来越近，孕妈妈可能会变得越来越紧张。要放松心情，保持顺其自然的心态，为分娩做好心理准备。

11. 准爸爸要和孕妈妈一起学习分娩知识、分娩时的技巧，成为孕妈妈的坚强后盾。

12. 了解要临产的迹象，知晓什么情况下应该入院。

13. 准备好入院所需物品，随时可以入院。

关于孕晚期出血

孕晚期除了“见红”之外，所有的出血都属于异常情况 ，都应该看医生。一般情况下医生会建议您做 B 超，做 B 超时需要稍稍憋一点尿。这样 B 超医生才能看清楚您的胎盘位置。同时还需要做阴道检查，了解出血的部位，有时候还会做一些特殊检查，明确诊断。

大多数孕妈妈在足月临产前 24~48 小时内，因宫颈内口的胎膜与该处的子宫壁分离，毛细血管破裂，有少量出血与宫颈黏液一起排出阴道。俗称“见红”，是临近分娩的可靠指征。

孕晚期出血常见于下列情况：

1. 宫腔出血：孕晚期阴道出血最常见的原因是前置胎盘、胎盘早剥和先兆早产、早产。

①前置胎盘：前置胎盘不是胎盘位于子宫前壁。正常情况下胎盘可以位于子宫的前壁、后壁和侧壁。孕 28 周后，如果胎盘附着于子宫下段、下缘达到或覆盖子宫内口，位置低于胎儿最低点，称为前置胎盘。诊断的主要方法是 B 超。前置胎盘出血的特点是在孕晚期和分娩期无诱因、无痛性、反复的阴道出血。出血多时，孕妈妈及胎宝宝都会有生命危险。

②胎盘早剥：怀孕 20 周或分娩时，正常位置的胎盘在胎宝宝娩出之前，

部分或者全部从子宫壁剥离，叫做胎盘早剥。孕妈妈在合并重度子痫前期慢性高血压、肾炎等或发生外伤时容易发生胎盘早剥。胎盘早剥的出血常伴有子宫痉挛性收缩，宫缩间隙期子宫张力仍高。孕妈妈表现为持续性腹痛，时轻时重，子宫腔内常有内出血，阴道出血量与病情不成正比，是孕晚期严重的并发症。B超可以帮助诊断，但主要依靠临床诊断。处理不及时胎宝宝胎心可能消失，孕妈妈可能会合并凝血功能障碍，病情危急。

③先兆早产、早产：在满28周到不足37周之间分娩者，称为早产，早产前与“见红”一样也会有少量阴道出血。伴有下腹部阵痛，早期阵痛可以不规律，逐渐发展转为规律。

④另外，脐带帆状附着、前置血管破裂、胎盘边缘血窦或血管破裂也可能出现孕晚期和分娩期出血。脐带帆状附着、前置血管有时B超可以发现。很多情况下，分娩后检查胎盘才能确诊。不是所有的孕晚期产后出血都能查清楚原因。只要出血量不多就没有大的危害，出血多时会危及胎宝宝的安全。

2. 宫颈出血

常见的宫颈出血有下列情况：

①宫颈病变：指宫颈上皮内瘤变（CIN），分为低度病变和高度病变。低级别的CIN可以消退，高级别的CIN可能发展为子宫颈癌。做宫颈液基细胞学检查（TCT）和阴道镜检查可以帮助诊断。

②子宫颈癌：极少数孕妈妈可能患上合并子宫颈癌。癌灶破裂会出现阴道出血，有时出血量较多。组织活检可以确诊。

所以备孕阶段要做妇科检查，查TCT、HPV（人乳头瘤病毒，与宫颈癌发病密切相关）排除宫颈病变和宫颈癌，如有异常治疗后再考虑能否怀孕。

③宫颈息肉：子宫颈的慢性炎症。可行息肉摘除术。

④宫颈炎症：如同房以后阴道少量出血。

⑤蜕膜息肉：蜕膜息肉突出于宫颈内口。无须特殊治疗。

3. 阴道出血：

①阴道炎：有一些阴道急性炎症可伴有少量阴道出血。

②阴道尖锐湿疣：疣体破裂会有少量阴道出血。

4. 外阴出血：较少见，急性外阴炎和外阴尖锐湿疣破裂等可伴有少量出血。

专家简介

◎贺素娟

毕业于山西医科大学临床医学系，医学硕士。从事妇产科临床工作 20 余年，副主任医师。现为杭州美中宜和妇儿医院妇产科主任。入职美中宜和前曾先后就职于山西医科大学第一附属医院产科和山西医学科学院（山西大医院）妇产科，并为山西医学科学院（山西大医院）妇产科副主任。为山西省围产医学委员会委员和山西省医疗鉴定委员会专家库成员。擅长孕期营养及体重管理，产科并发症、合并症，如妊娠期糖尿病、妊娠期高血压、凶险性前置胎盘等的孕期管理和产时处理。

从业理念：妙手仁心。

◎叶雯

主任医师，杭州美中宜和妇儿医院 儿童保健科主任，从事儿科临床及儿童保健二十年，2011 年晋升主任医师。系浙江省预防医学会托幼保健专业委员会副主任委员、儿童保健专业委员会委员、儿童发育行为专业委员会委员；浙江

省康复学会儿童康复专业委员会委员；浙江省优秀儿童健康教育讲师。曾任三甲医院重点学科（儿童保健）带头人、儿童保健/母婴健康中心主任。

擅长儿童生长发育、营养、运动、智力、语言、行为等问题的诊疗，尤其对儿童体格及神经心理发育的早期发展促进、早产儿（及高危儿）定期评估、婴幼儿神经精神运动发育迟缓/障碍早期干预有丰富的临床经验。

工作格言：用爱和专业，呵护孩子健康成长

◎王虹

毕业于首都医科大学，毕业后在北京安贞医院妇产科工作，一直坚持不断的学习，获得硕士和博士学位。2012 年加入美中宜和，在亚运村院区担任产科主任，曾前往美国 Beth Israel Deaconess Medical Center 妇产科学习先进工作理念和知识。工作中坚持专业，尊重，真诚的服务理念。